반도의 붉은 별

소설 박헌영

반도의 붉은 별

소설 박헌영

진 광 근 장편실화소설

HCbooks

목 차

유년 시절	12
화요 3인조	18
현순 목사	29
상해로 가다	33
소비에트 혁명	41
노덕술	46
주세영	51
심훈의 필경사	63
호치민	69
해방	77
조선공산당 창당	81
김일성과의 회동	90
현엘레사	97
언더우드	102
정판사 사건	104

월북	117
김일성과 2차 회동	123
스탈린	127
권력투쟁	139
재회	151
6.25 전쟁	155
전면전 발발	175
인천상륙작전	185
서울 수복	196
인해전술	207
전쟁책임	220
국가 전복 사건	224
체포	232
재판	239
에필로그	265

반도의 붉은 별

소설 박헌영

유년 시절

강은 유년 시절의 고독과 노동이 서려 있는 곳이다. 칼날 같은 겨울바람 속에서, 정오의 태양이 내리쬐는 폭염 속에서도 그 강에서 홀로 고기를 잡았다.

  한여름 폭염은 그런대로 견딜 만했지만, 독한 겨울바람을 맞으며 얼음장 밑에서 고기를 잡는 고통을 생각하면 지금도 손발에 묵직한 통증이 느껴진다. 지금도 겨울이 되면 손과 발이 가렵다. 어린 시절 혹독한 겨울 강이 준 평생의 고질병이다.

  햇살을 받아 선명하게 반짝이는 은빛 물결 위에 산 그림자가 내려앉으면 잡은 고기를 가지고 집으로 돌아갈 시간이다.

  어머니는 잡은 고기를 삶아 뼈 채로 갈아 어죽을 끓였고 물길을 따라 장투곳까지 갈 잡상인들과 허드렛일을 찾으려는 노무자들이 뗏목 시간을 기다리며 어죽 한 그릇에 탁주 한잔을 기울였다.

  잡상인들과 노무자들 간에 나누는 이야기의 절반이 욕이었고 빈속에 술 한 잔이 들어가면 욕이 절반이 넘었다. 싸구려 술 한 잔이 뱃속을 후끈 달구면 사람들은 주먹다짐을 벌이기도 했고 술값 시비가 붙기도 했다.
 거친 남정네들과 다반사로 일어나는 술값 시비는 하루 이틀 겪는 일이 아니다. 어릴 적 고아가 된 어머니는 평생을 지독한 궁핍 속에서 살아왔다. 한 줌 땅도 없는 어머니에게 어죽은 생명 그 이상이었다. 그런 어머니가 감당하지 못할 일은 아무것도 없었다.

 보통학교 졸업을 앞둔 그해 여름 어느 날, 고기가 잡히지 않아 평소보다 오랜 시간 강에 머물러 유독 허기가 졌다. 겉절이처럼 절은 몸으로 긴 그림자를 앞세우고 집으로 돌아가는 길이 유난히 멀었다. 힘없이 싸리문을 열고 들어서자, 툇마루에서 선생님과 어머니가 이야기를 나누고 있었다.
 "선생님 오셨는감유?"
 선생님에게 수줍게 인사를 건넸다.
 "응, 그래. 헌영아, 오데 갔다 오노?"
 "고기 잡아 왔구먼유."
 "니 만날 고기 잡나?"
 "야."
 "선상님. 보시다시피 야가 잡은 고기로 어죽을 끓여 가까스로 입에 풀칠하고 사는구먼유."
 어머니의 하소연에 헌영은 선생님이 집을 찾아온 이유를 알 수 있었다. 녀칠 진 종례를 마친 선생님이 아이들을 돌려보내고 교무실로 데리고 가신 적이 있다. 초겨울의 햇살은 금싸라기처럼 귀한 법이다. 해가 지기 전에 고기를 잡아야 했던 마음이 급했지만, 선생님이 잔무를 끝낼 때까지 우두커니 기다려야 했다.
"헌영아, 이리 오거라."
잔무를 끝낸 선생님은 출석부 비슷한 것을 들여다보고 계시다가 헌영을 옆으로 불러 앉히셨다.
"너 와 상급학교 진학을 안 할라카노?"
"……"
선생님의 물음에 슬핏 일었던 감정이 어떤 것인지 정확하게 기억나지 않지만 좋지 않았던 기억임에는 틀림이 없었다.
아무런 말을 하지 않고 고개를 푹 숙이고 있자 선생님이 머리를 쓰다듬으셨다.
"무슨 일이 있어도 상급학교는 꼭 가야 한다."
'선생님 저도 상급학교 가고 싶구먼유. 근디 입학금도 없고, 지가 고기를 잡지 않으면 어머니는 주막을 꾸리지 못할 끼구먼유.'
입속에서 맴돌던 말은 끝내 입 밖으로 뱉지 못했지만, 선생님도 사정을 알고 있는 듯했다.
"그래 알았다. 조만간 내가 어머니를 만나 볼 테니 그만 가 보거라."
그 일이 있고 정확히 3일 만에 선생님이 집에 찾아온 것이다.

헌영은 고기 그릇을 들고 슬그머니 부엌으로 가 잡은 고기의 배를 갈랐다. 배를 가르고 있었지만 헌영의 관심은 온통 선생님과 어머니가 나누는 대화에 가 있었다.
"헌영이 어무이 힘든 사정은 알겠지만 어떻게 해서든 헌영이는 중등학교 입학을 시켜야 합니다."
"…휴."
한숨 뒤에 이어진 어머니의 말은 예상했던 내용이었다.
"근디 우짠대유? 당장 입학금은 고사하고 연필값 종잇값 댈 형편이 안 되는데. 그라고 헌영이가 고기를 잡지 않으면 내는 주막도 꾸리지 못할 기고…"
"제가 알기로 헌영이 아버지는 살림이 택택한 걸로 알고 있는데 아버지에게라도…"
선생님의 입에서 아버지라는 말이 나오자 어머니가 손사래를 쳤다.
"우리 둘을 떨궈 놓고 소 닭 보듯 하고 있는 망할 노무 영감탱이가 아버지는 무신…"
국민학교 고학년이 되어 쑥덕거리는 주변 사람들을 통해 헌영은 자신의 태생이 비천하다는 것을 알았다. 아버지라는 사람은 안골에 사는 박첨지라는 사람이었고 땅마지기나 가지고 사는 부농이었다. 홀로 주막을 꾸리는 어머니와 살림을 차렸고 내가 태어났던 모양이다. 그러한 헌영의 출생 내력은 내 몸에 박힌 사금파리로 평생을 따라다녔다.
헌영이 태어나고 잠시 두 집 살림을 하다가 정실부인과 아들들이 집으로 들이닥쳐 패악을 부린 후 아버지라는 사람은 헌영 모자 주변에는 얼씬도 하지 않았는데 그 아버지라는 사람을 처음 본 때가 국민학교 3학년 무렵이었다.

그날도 여느 날과 마찬가지로 강에서 고기를 잡아 집으로 돌아오는 길이었다.

"헌영아."

다정하게 부르는 소리에 뒤를 돌아보자, 담뱃대를 문 노인이 바라보고 있었다. 처음 보는 사람이었지만 헌영은 직감적으로 아버지라는 것을 알 수 있었다.

"집에 가나?"

"예, 집에 갑니더."

"학교는 잘 다니나?"

"예, 잘 다니고 있십더."

노인이 허리춤에서 주섬거리며 뭔가를 꺼내어 손에 쥐여주었다.

"묵고 싶은 거 있으면 사무라."

돈을 건네받으며 가슴이 심하게 뛰었다. 지금까지 누구에게도 돈을 받아 본 적이 없었기 때문이다. 그리고 그것은 꽤 큰 금액이었다.

헌영은 어머니가 아버지를 찾아가길 바랐다. 어린 시절 꽤 큰 돈을 준 적이 있어 입학금을 얻어 낼 수도 있을 거로 생각했기 때문이다.

"헌영이 어머니. 헌영이는 조선을 이끌어갈 아이입니다."

"선생님요, 무신 중학교를 나온다고 조선을 이끌어 가겠능교."

"아닙니다. 헌영이는 조선의 천재입니다. 너무 아까워서 그럽니다."

"문디 자슥이 뭐 할라꼬 그리 재주는 가지고 태어나 갔고 이 어미 속을 태우는고?"

"정 안 되면 내가 없는 살림이라도 학비를 조금 보탤 테니 중학교에 보내입시다."

"아이고 선상님. 학비가 한두 푼이 아니고 주막을 해서 오찌 학비를 마련하겠습니까?"

어떤 생각으로 선생님과 어머니의 대화에 끼어들었는지는 알 수 없지만 부엌에서 뛰쳐나가며 헌영은 어머니를 향해 소리를 질렀다.

"어무이, 나 학교 안 갈랍니다!"

"헌영아…"

선생님이 엉거주춤 일어나 손을 뻗었지만, 헌영은 몸을 돌려 밖으로 달려 나갔다.

"선생님, 나 학교 안 갈랍니다!"

지금 생각해도 당시 헌영이 할 수 있는 말은 그것 외에 아무것도 없었다. 아버지라는 사람이 중학교 입학금을 대주었다는 말은 후일 어머니에게 전해 들은 이야기이다.

화요 3인조

국민학교 시절 헌영은 아이들이 장래 희망을 발표하는 모습을 보며 '과연 장래 희망이 무엇일까?'라는 생각을 해본 적이 있다. 왜냐하면 한 번도 장래 무엇이 되겠다는 생각을 해본 적이 없어서다. 굳이 하나를 꼽으라면 경칩 무렵에 고기를 많이 잡는 것 정도가 소원이었을 것이다.

얼음이 녹고 계곡물이 강으로 흘러들 경칩 무렵에 잡히는 민물고기들이 유난히 맛이 좋았다. 그 무렵이면 큰 솥에 한 솥 끓여내기 바쁘게 손님들에게 팔려나갔기 때문에 신이 나서 고기를 잡곤 했다. 어린 시절 고기 잡는 일은 마치 주변에 공기를 호흡하듯 헌영에게는 떼래야 뗄 수 없는 숙명과도 같은 것이었다.

그때를 생각해 보면 아무 생각이 없었던 것 같다. 그도 그럴 것이, 주위에서 자의식을 심어줄 만한 사람도, 환경도 없으니, 무엇을 보고 생각이 정립되겠는가? 그때 헌영은 완벽한 백지이거나 의식혼돈 상태였거나 둘 중 하나였다.

장래 희망이 없으니, 공부를 열심히 해야 한다는 생각도 해본 적이 없었는데 그런 헌영이 선생님이 놀랄 만큼 성적이 좋았던 이유는 그 스스로도 알 수 없는 일이다.

 헌영이 조선의 역사와 조선이 처한 현실에 관심을 가지기 시작한 때는 고등학교에 진학하고 나서였다. 헌영은 선생님이라는 창을 통해 조선의 역사를 배웠고 가끔 읽는 신문을 통해 조선이 처한 현실을 알게 되었다. 그러니까 아무것도 쓰이지 않은 백지에 쓰인 조선의 역사와 신문을 통해 알게 된 사실들… 즉, 일본의 조선 지배는 필연적이고 정당한 것이라는 헌영의 믿음은 한 치 의심이 없었다.

 양반과 상놈으로 반상을 철저히 구분하여 지배와 피지배 구조가 영속되는 조선 사회는 혁파되어야 마땅했다. 하지만 양반들은 자신들만의 세상을 지키기 위해 백성들을 억압할 뿐 모순된 세상을 혁파할 힘을 가진 세력은 조선 어디에도 없었다.

 그 모순을 혁파한 것이 일본이었다. 그 누구도 해결하지 못한 구폐를 그들은 단시일 내에, 그것도 강력하게 깨부수어 버렸다. 일본은 조선을 개화시킬 것이고 제 뱃속만 챙기는 양반들로부터 억압받는 백성들을 해방할 것이다.

 하지만 헌영은 자신의 생각이 방향을 잘못 설정한 나침판이요, 굴절되고 왜곡된 창을 통해 정립된 것임은 후일에야 깨달았다.

 그 계기가 된 것은 동아일보 창간호였다. 동아일보는 창간호부터 일관되고 격렬하게 항일 필봉을 휘두르며 일제에 정면으로 도전장을 내밀었다.

 '조선의 구폐와 구악을 일소하고 양반들로부터 억압받는 백성

들을 해방하려는 일본에 저토록 격렬하게 저항하는 이유는 무엇일까?'

헌영은 혼란에 빠져 들었다. 하지만, 동아일보를 꾸준히 구독하며 의식의 혼란이 어느 정도 정리되었다. 일제의 강압에 모두가 눈을 내리깔고 있었지만, 항일 필봉을 휘두르는 동아일보는 그렇지 않았다. 격렬한 항일투쟁의 논조도 마음에 들었지만, 사주인 김성수 씨는 헌영이 존경하는 인물이었다.

헌영이 동아일보 기자가 되기로 마음먹고 기자로 첫발을 내디딘 때가 1925년 5월 말이었다. 기자로 입사하면 반드시 거쳐야 하는 관문이 사주 김성수 씨와의 면담이다. 헌영 역시 그를 면담한 적이 있는데 나이는 헌영보다 댓살 위였지만 사주라는 지위 때문인지 그는 노숙해 보였다.

백지장처럼 흰 얼굴에 안경을 걸친 그의 첫인상에서 헌영은 그의 신념과 완고함을 느낄 수 있었다. 그리고 그는 말을 아주 쉽고 부드럽게 하는 편이었다.

"박 기자 동아일보에 입사한 이유가 무엇이오?"

그가 물은 최초의 질문에 헌영은 꾸밈없이 답변했다.

"민족의 자주 의식을 고취하고 격렬한 항일 필봉을 휘두르는 모습을 보며 제가 일할 곳은 이곳밖에 없다는 생각이 들었습니다."

"언제 처음 동아일보를 접했소?"

"창간호를 접하고부터 빠짐없이 동아일보를 구독했습니다."

"동아일보 기자 노릇을 하려면 일제의 탄압은 각오해야 할 거요."

"총독부의 탄압이 두려워 다른 신문들처럼 일제의 논조나 따라갔다면 저는 동아일보에 입사하지 않았을 겁니다."

"그래! 박 기자의 기상이 기특하오! 인재를 육성하고 민족자본을 육성하는 것도 중요하지만 민족의식 고취를 위해 언론의 역할이 중요하다는 점을 인식하시오."

"알겠습니다."

인재를 육성하고 민족자본을 육성해야 한다는 그의 소신은 조선이 처한 현실을 정확하게 꿰뚫는 것이었다. 또한 언론을 통해 민족의식을 고취해야 한다는 그의 소신에 찬 모습을 보며 헌영은 가슴이 뛰어왔다.

그는 시대 상황을 정확하게 꿰뚫고 있었으며 동아일보가 나아가야 할 방향을 명쾌하게 제시했다. 거리낌 없이 항일투쟁을 전개하는 그는 당시 헌영에게 크나큰 자부심이었다.

하지만 후일 헌영이 일경들에게 혹독한 고문을 당하고 있을 무렵 그는 보성전문학교 교장으로 취임하며 중일전쟁의 정당함을 선전하는 시국 강좌를 했고, 경성군사후원연맹에 국방헌금 1,000원을 헌납했다. 무슨 까닭인지 몰라도 그 무렵 노골적 친일파로 돌아서 버렸다.

그뿐만이 아니라 많은 사람들이 친일 행각을 하였는데 다른 사람들은 몰라도 김성수 씨의 친일 행각을 보는 헌영의 심정은 참담했다. 일본의 조선 지배가 영원할 것으로 믿었던 그들은 도둑처럼 해방이 되자 또다시 변신하게 되는데, 그것이 가능했던 이유는 남조선을 미군정이 통치했기 때문이다.

8·15해방 후 그는 송진우 등과 보수정당인 한국민주당을 창당했는데 한국민주당을 비롯한 많은 정당의 주축은 친일파들이었다. 친일파들은 해방 공간 새로운 힘의 축인 미군정에 붙어 남조선의 핵심 세력으로 자리 잡았고, 김성수 씨 역시 미군정청 수석고문으로 조선공산당을 탄압하는 데 혈안이 되어 조선공산당 당 중앙인 헌영과는 같은 하늘을 이고 살 수 없는 사이가 되어버렸다.

하지만 이는 알 수 없는 후일의 이야기다. 기자라는 직업은 각계각층의 다양한 사람들을 만날 수 있고 새로운 세상 이야기를 많이 접할 수 있는 직업이다. 헌영은 취재를 위해서라면 좌익과 우익을 가리지 않고 만났지만, 개인적으로 좌익 쪽 사람들에게 친밀감과 유대감이 드는 이유를 당시에는 알지 못했다.

임원근과 김단야는 입사 동기였다. 그들 외에 같이 입사한 동기들이 꽤 있었지만 헌영과 임원근, 김단야는 셋만 어울렸다. 서로의 정보를 공유하며 취재 활동에 도움을 주기도 했고 내 것 네 것 없이 친형제보다 가깝게 지내는 사이였다.

동아일보에 입사하고 2개월이 채 지나지 않아 헌영은 임원근과 김단야에게 모임을 만들 것을 제의했고 그들은 흔쾌히 수락했다. 모임의 이름은 '화요 3인조'였다. 임원근과 김단야가 이름의 의미를 물었지만 헌영은 그저 화요일에 술 한잔하는 모임이라며 대충 답을 피해 갔다.

일단의 좌익 청년들이 사무실로 들이닥쳤을 때는 기자 생활이 1년으로 접어드는 12월 말이었다.

"당신들 왜 우익 쪽 편만 들어 기사를 편파적으로 싣는 거냐."

대표인 듯한 청년이 기자실 중앙에서 눈을 부라리며 소리를 질렀다. 그의 뒤에는 각자의 손에 몽둥이를 든 대여섯 명의 청년들이 버티고 서있었다.

책상에 앉아 기사를 작성하던 김단야가 조용히 일어나 사내들 앞에 섰다.

"우리는 편향된 기사를 쓰지 않습니다. 좌든 우든 공평한 관점에서 기사를 쓰고 있습니다."

김단야가 한 치 흔들림 없는 눈빛으로 사내들을 제압하려 했지만 그중 한 청년이 갑자기 책상을 뒤집으며 김단야에게 거친 말을 쏟아내었다.

"이 자식아, 어제 난 기사를 보고도 그런 말이 나와!"

김단야의 눈앞에 흔들던 신문을 얼굴에 던지는 것을 신호로 청년들이 사무실의 집기를 발로 차고 몽둥이로 기물을 파손하며 난동이 시작되었고, 헌영과 임원근, 김단야가 저지하며 몸싸움이 붙었다. 서로 흥분한 상태에서 밀고 당기는 몸싸움은 도저히 진정될 것처럼 보이지 않았다. 몸싸움하던 헌영이 물러서며 소리를 질렀다.

"당신들이 불공평하다는 기사를 쓴 사람이 바로 나요!"

순간적으로 몸싸움이 멎었고, 사내들의 시선이 전부 헌영에게로 향했다.

"당신들이 우로 편향되었다는 기사를 쓴 사람이 나요. 그러니 책임을 내게 물으시오."

한 명의 사내가 앞으로 나섰다.

"당신이 박헌영이요?"

"그렇습니다. 내가 박헌영입니다."

"사회주의운동하는 사람들을 매도하고 우익 쪽에 우호적인 기사를 쓴 이유가 뭐요?"

"기사 내용을 잘 살펴보십시오. 그것은 기자의 시각이 아니고 신문사의 시각은 더욱 아닙니다. 우익 쪽 인사의 말을 그대로 받아 기사화한 것일 뿐 판단은 독자들이 하면 됩니다."

"이것 보시오. 우익 쪽 인사의 말을 빌린 것처럼 교묘하게 신문사의 입장을 대중들에게 전하는 게 아니겠소?"

"그렇지 않습니다."

"말로만 그렇지 않다고 하면 어떻게 수긍하겠소? 우리가 수긍할 수 있는 근거를 제시하시오. 그러면 돌아 가리다."

헌영은 청년 중 우두머리로 보이는 자를 사무실 한편으로 데리고 갔고, 낮은 목소리로 잠시 이야기를 나누던 사내가 김단야에게 다가갔다.

"아까 무례하게 굴었던 점에 대해서는 사과하겠소."

무슨 일인지 몰라 김단야가 사내와 헌영을 번갈아 보았다.

"김 기자, 사과를 받아주고 우리도 더 이상 문제 삼지 않기로 했소."

헌영이 말에 마지못해 사내의 손을 잡자 사내는 거듭 사과하고 일행을 데리고 사무실을 나섰다.

사무실을 빠져나가는 사내들의 뒷모습을 바라보며 김단야와 임원근이 묘한 표정을 지었다.

"내가 한잔 사겠네. 나가지."

마침 퇴근 시간이 되기도 했지만 사내들을 돌려보낸 방법이 궁금했던 임원근이 술을 한잔 산다고 했다.

셋의 걸음이 향한 곳은 설렁탕으로 유명한 '이문옥'이었다. 탁주 잔을 쭉 들이키고 잔을 내려놓으며 김단야가 물었다.

"이봐, 자네 아까 그 친구에게 뭐라고 했길래 그토록 미쳐 날뛰던 놈들이 조용히 돌아갔나?"

"왜 궁금한가?"

임원근이 말을 받았다.

"그렇지 않겠나. 살기등등하던 자들이 자네와 잠시 이야기를 나누고 돌아간다는 게 이상하지 않은가?"

"하하하. 자네들과 내가 하는 모임이 화요 3인조라고 했지."

"화요 3인조가 어때서?"

김단야가 알 수 없다는 표정으로 물어온다.

"음… 마르크스가 누구인지 아는가?"

느닷없는 질문에 임원근이 의아한 표정을 지으며 대답했다.

"…공산주의 사상가 아닌가?"

"맞아, 공산주의 사상가지."

김단야가 의아한 표정으로 물었다.

"그게 화요 3인조하고 무슨 관계인가?"

"마르크스의 생일이 화요일이야 우리가 마르크스를 너무 존경한 나머지 모임의 이름을 화요 3인조로 지었다고 하자 그들이 돌아간 거야."

"화요 3인조가 그런 뜻이었나?"

임원근이 우려스러운 표정으로 물어왔다.

"응. 자네들에게 양해를 구해야 했는데 조금 늦었네."

"허허. 나도 모르는 사이에 내가 사회주의자가 되어 버렸네, 그려."

김단야가 허탈한 표정으로 임원근을 바라보며 헌영에게 물었다.

"자네, 사회주의를 신봉하는가?"

"동아일보에 입사 후 우연한 기회에 마르크스를 접하고 푹 빠져 버리고 말았네. 아직은 뿌연 안개 속 희미한 형체에 불과하지만, 나는 마르크스를 숭배하네."

지켜보던 임원근이 술잔을 내려놓으면 조용한 어투로 말했다.

"일제 치하에서 그 길로 들어선다는 것은 거친 가시밭길을 각오해야 할 텐데 자네 각오는 되어있는가?"

"500년 동안 봉건제도 하에서 신음하던 백성들이 이제는 일본의 파시즘 아래서 고통받고 있네. 봉건제도와 일본 파시즘에서 백성들을 해방할 수만 있다면 그 어떤 가시밭길도 마다하지 않을 걸세."

임원근과 김단야가 눈을 반짝이며 물어왔다.

"사회주의 사상을 접하는 통로는 어디인가?"

"왜 자네들도 관심이 있나?"

"자네 말대로 조선의 젊은이라면 조선 독립에 관심을 기울이지 않을 사람이 어디에 있겠는가?"

"일본 파쇼정권을 몰아내는 것만으로는 부족해. 그들을 몰아내고 불평등한 토지제도와 봉건사회를 개혁하려면 강력한 사회주의 연대 외에 대안이 없어."

"자네와 연결된 사회주의 조직은 있는가?"

"현재는 상해에 계시는 현순 목사님 외에 연결고리가 없는 형편이네."

입술을 잘근거리던 김단야가 의미심장한 얼굴로 물어왔다.

"그렇다면 지금 당장은 아니고 미래의 일이겠군."

헌영이 눈을 빛내며 의미심장한 표정을 지었다.

"아니야. 나는 당장 상해로 갈 작정이네."

기자로서 막 날개를 달았는데 상해로 가겠다는 말에 김단야와 임원근이 펄쩍 뛰었다.

"아니, 이 사람아. 이제 막 기자로 날개를 달았는데 갑자기 상해는 무슨 말인가?"

"물론 기자질 하면 출세는 보장되겠지만 나는 목이 말라 있네."

"목이 마르다니…?"

"러시아 볼셰비키 혁명의 불길이 타오르기 시작했어. 그 불길은 전 세계로 번져 나갈 서야. 들편 끝에서 거대한 들불이 몰려오는데 일제 밑에서 기자질이나 하고 있어서야 쓰겠는가?"

임원근과 김단야의 얼굴이 동시에 붉어졌다.

"아니 이 사람이 우리를 일본 놈 앞잡이로 매도하고 있네, 그려."

"조선 땅에 있으면 누구든 시대 상황에 따라 일제의 앞잡이가 될 수도 있고 주구가 될 수도 있네. 지배층들은 자신들의 계급적 이익을 위해 일제에 아부하고 타협하며 또다시 민중을 지배하고 있지 않은가? 지배하는 계급도, 지배당하는 계급도 없이 더불어 일해서 함께 먹는 공산주의 사상만이 옳은 길이야. 내가 상해로 가려는 이유 중 하나이지."

세 사람 사이에 한동안 침묵이 흘렀고 분위기는 무거웠다.

무거운 침묵을 깬 것은 임원근이었다.

"좋네! 나도 무엇이 옳고 그른 것인지 치열하게 고민해 보겠네. 만약 내가 자네 앞에 느닷없이 나타난다면 나 또한 사회주의 운동을 하기 위해 온 것으로 알게."

김단야의 말을 임원근이 받았다.

"그래. 조선의 젊은이들이 일본 치하에서 무사안일하게 일신의 영달만을 꿈꾸고 있다는 것은 치욕스러운 일이야. 나 또한 무엇이 옳고, 그른지 고민해 보겠네."

현순 목사

 태풍의 길목에서는 돼지도 나는 법이다. 언제 불어올지 알 수는 없지만 한차례 큰 폭풍이 조선으로 몰아칠 것이다. 그때 날아오르려면 지금부터 차근차근 준비해야 했다.
 헌영은 기자 생활을 하면서도 중국어와 러시아어 에스토니아어 등 4개 국어를 원문으로 읽을 정도로 공부해 두었다. 당장 기자 생활에 그것들이 도움이 되지는 않았지만 언젠가는 필요할 날이 있을 것이다.
 그런데 그날은 의외로 빨리 왔고 전혀 예상치 못한 곳에서 다가왔다.
 당시 교회의 목사나 신자 중 신사참배를 하는 자들이 많았다. 유일신을 믿는 기독교인들에게 신사참배는 있을 수 없는 일이다. 그들은 신사참배를 하며 종교 행위가 아니고 국가 의례일 뿐이라며 궤변을 늘어놓았다.
 일부 양심적인 장로나 신도들은 신사참배를 하지 않기 위해 예배 시간에 늦게 나타나곤 했는데 이는 일본 경찰의 탄압을 각오해야 하는 일이었다. 순종 일본적 기독교로 개종한 목사들은 물 찬 제비처럼 일본통치를 찬양했고 이와 같은 현상이 사회 각 분야로 퍼져나갔다.

　편집국에서는 교회의 이러한 실태를 취재하여 사회에 경종을 울리는 기사를 게재할 것을 지시했다. 우선 신사참배에 반대하는 기독교 인사를 물색해야 했다. 곧 경성 부근에서 목회 활동을 하던 현순 목사를 소개받았다. 그는 신사참배를 거부하는 대표적인 기독교계 인사로 교단 내에서 꽤 신망을 받는 인물이었다.

　비교적 큰 키에 깡마른 체구의 50대 남자가 다방으로 들어섰다. 그와 2시간가량 인터뷰를 하며 헌영은 취재 방향과 전혀 다른 이야기를 듣게 된다. 그는 기독교보다는 민족주의를 상위개념으로 두어야 한다고 했다.

　"민족주의도 중요하지만, 목사님이라면 종교가 우선 되어야 하는 것 아니겠습니까?"

　"박 기자. 그러면 한 가지 묻겠소. 기자의 소임은 공정하고 정확한 기사를 쓰는 것이오. 그런데 기자의 소임과 조선의 독립이 상충한다면 박 기자는 어떤 선택을 하겠소?"

　예상치도 못한 질문이었고 답변이 어려웠다.

　"음… 목사님 오늘은 제가 취재를 하러 왔으니 목사님의 질문에는 생각을 정리해서 후일 말씀드리겠습니다."

　"하하 맞소! 생각도 없이 답변하기에는 어려운 문제요. 나 역시 결론을 내기까지 많은 시간을 고민했소. 목사들이 들으면 나를 돌로 쳐 죽이려고 달려들 어쭙잖은 결론을 들어보겠소?"

　헌영이 눈을 반짝이며 관심을 보이자 현순 목사가 진지한 표정으로 말을 이었다.

"작금의 기독교는 제도와 교권을 중심으로 귀족화 되어가고 있소 교회의 주인은 민중이 되어야 하오. 그리고 천국은 하늘에 있지 않고 하나님의 뜻이 실현되는 인류 사회가 천국이 되어야 할 것이요. 기독교는 나라의 독립을 이루기 위한 수단일 뿐이라는 게 내 생각이요."

"제가 기독교는 문외한이라 자세히는 알 수 없지만 천국은 하늘에 있지 않고, 사람들이 사는 곳이 천국이 되어야 한다는 말씀은 공감이 가는 말씀입니다."

당시 그의 주장은 진보적 기독교인들에게 꽤 반향을 일으켰고 보수적 기독 교단에서는 적 그리스도적 발상이라며 현 목사를 교단에서 추방하려 했다.

2시간 동안의 인터뷰를 통하여 현 목사는 조선 기독 교단에 심하게 회의하고 있는 것을 알 수 있었으며 더 이상 기독교에 미련을 두지 않고 있는 것을 알 수 있었다.

"그래서 목사님께서는 더 이상 목회 활동을 하지 않으실 작정인지요?"

"일제에 붙어 물 찬 제비 같은 목사들과 어찌 같이 활동할 수가 있겠소? 나는 더 이상 기독교에 미련이 없소."

그는 조선에서는 더 이상 미래를 볼 수 없다며 상해로 떠난다고 했다. 작별 인사를 나누며 그는 헌영에게 한 권의 책을 건넸다. 그가 건네준 책은 자본론이었다.

현순 목사와 헤어져 집으로 돌아와 첫 장을 넘겼다. 칠흑 같은 어두운 그믐의 밤이 지나고 들판 끝에서 불그스름한 여명이 밀려올 무렵 책을 덮었다.

두 손을 책 위에 올린 채 헌영은 한 치 미동도 없이 고요히 앉아 있다가 들창을 열었다. 어둠 속에서 잉태된 빛이 들판 끝에서 고요하게 밀려들었다. 들판 끝에서 밀려오는 빛은 낯선 것이었고, 처음으로 느껴보는 신비함이었다. 온몸이 감전된 듯 짜릿한 전율이 일었다.

시간이 날 때마다 읽고 또 읽었다. 책장이 너덜너덜해질 때까지 읽어도 발견되는 것은 새로운 것투성이였다.

기존의 봉건사회가 가진 모순은 필연적으로 붕괴해 자본주의 사회가 만들어질 것이고 자본주의 사회는 자본가들의 자가당착으로 인해 결국에는 공산주의 사회로 귀결할 수밖에 없으며 이러한 변혁은 급진적인 혁명을 통해 이루어져야 한다는 마르크스의 주장을 조선에 대입시켜 보았다.

500년 봉건사회의 모순으로 인해 필연적으로 일본 파쇼집단의 지배를 받게 되었고 식민 지배에서 벗어나 공산주의 국가로 가기 위해서는 결국 급진적인 공산혁명 외에 대안이 없다는 생각이 들었다.

마르크스가 주장하는 공산주의 국가로 가기 위해서는 우선 독립을 쟁취해야 한다. 프롤레타리아 계급을 총결집하여 혁명의 불꽃을 피워야 했다.

상해로 가다

목포에서 배를 타고 흑산도를 거쳐 상해 부근의 영파라는 곳에 닿았을 때는 경성을 떠나 꼬박 3일이 지날 무렵이다. 상해로 가는 길은 모든 게 처음이었다. 목포라는 도시도 처음으로 가 보는 것이었고, 배도 처음 타보았으며 조선을 떠나 외국으로 나온 것도 처음이었다. 중국말로 의사소통이 가능하여 영파에 묶으며 불편은 없었다. 영파에서 하루를 묵고 상해로 가는 기차를 탔다. 기차는 꺾이지 않고 일직선으로만 달렸고 누렇게 익은 벼는 끝없는 황금물결로 출렁이고 있었다.

과연 큰 나라였다. 상해는 영파에 비해 큰 도시였다. 신작로가 쭉쭉 뻗어 있고 양편에는 플라타너스가 줄지어 늘어서 있었다. 늦가을 햇살이 따가웠지만 플라타너스 그늘 밑은 서늘한 기운이 돌았다.

현순 목사가 알려준 대로 황포 강변을 따라 한참을 걷자, 닭장 같은 곳에서 사람들이 살고 있었다. 작고 누추한 문이 촘촘히 나 있는 집들의 창문이 하나뿐인 것으로 보아 집의 크기를 짐작할 수 있었다. 슬핏 문 안쪽을 들여다보니 겨우 한 사람이 움직일 만큼 좁은 부엌과 잠을 잘 수 있는 작은 방 하나가 있었다. 위층에는 창밖을 통해 골목 쪽으로 뻗은 장대에 많은 빨래들이 널려 있었다.

집밖에 수도가 있는 것을 보면 물도 여러 집에서 공동으로 쓰는 것 같았다. 대국이라고 하지만 주거환경이 조선보다 못했다.

하지만 그것은 헌영이 목격한 일부분에 지나지 않는 것이었고 황포 강변 상류에 이르자 엄청난 규모의 저택들이 즐비했다. 부촌을 지나 언덕 하나를 넘어서자 평범한 사람들이 거주하는 동네가 나타났다. 현순 목사가 사는 동네였다.

현순 목사가 사는 집은 크지는 않지만, 네모진 마당에 개인용 수도가 있었고 거실을 중심으로 여러 개의 방이 있는 전형적인 중국식 가옥이었다. 현순 목사 내외는 헌영을 반갑게 맞이했고 묶을 방으로 안내했다. 짐을 풀어놓고 거실로 나왔을 때는 저녁식사 준비를 마친 후였다. 저녁은 중국식으로 차려졌는데 식성이 좋은 헌영의 입맛에도 맞았다.

"조선에서 자네를 처음 보았을 때 반듯이 나를 찾아올 것으로 알았지만, 이토록 빨리 찾아올 줄은 몰랐네."

"한시도 지체 할 수가 없었습니다."

"내가 건네준 책은 읽어보았나?"

"예, 읽고 또 읽어 보았습니다."

"그래! 어떻든가?"

"저는 그 책에서 조선의 미래를 보았습니다."

"오호! 그래. 장하군. 하하, 그래 그래야지. 참, 그런데 조선에서 내가 물은 것에 관해서는 결론을 얻었는가?"

현순 목사는 인터뷰하며 물었던 질문을 기억하고 있었다.

"만약 목사님이 건네준 책을 읽은 후 질문을 받았다면 한순간도 망설이지 않고 조선의 독립을 위해서라면 목숨까지 던질 것이라고 말씀드렸을 겁니다."

웃음을 잠시 추스른 현순 목사가 눈을 빛내며 물어왔다.

"조선의 독립을 쟁취하기 위해서는 많은 것이 필요할 것이야. 항일 무장투쟁도 하나의 방법이긴 하지만 일제는 너무나 강해 전조선 인민들이 들불처럼 일어나야만 일제를 이 땅에서 몰아낼 수가 있네. 그 발판을 만들기 위해 나는 이곳 공산당에 가입했네. 만약 자네가 원한다면 내가 도움을 줄 수가 있어 어떤가?"

"제가 이 멀리 상해까지 온 이유가 그것입니다. 도와주신다면 미력이나마 최선을 다하겠습니다."

상해 이르쿠츠크파 공산당원으로 활동하고 있던 현순 목사는 헌영이 이르쿠츠크파 공산당에 가입도록 도와주었고 그의 후견인 역할을 마다하지 않았다. 헌영은 그곳에서 사회주의 서적을 닥치는 대로 읽었고 공산당원 활동에도 적극적이었다.

1년이라는 시간이 흐를 무렵 헌영은 조선의 독립투쟁과 독립한 조선의 미래를 위해서는 조직의 중요성을 깨달았고 그 일환으로 만든 것이 고려공산청년동맹이었다.

고려공산청년동맹은 상해에 거주하는 조선인 젊은이들을 중심으로 조직되었는데 최초 가입자는 10여 명 성도였다. 동맹위원장으로 선출된 헌영은 청년동맹의 조직화 및 의식화 교육을 주도했고 동맹의 외연을 넓히고 다른 항일단체와의 교류, 협력을 강화했다.

열정적으로 고려 공산청년동맹에 매진할 무렵 불현듯 운명적인 여인이 나타났다.

현순 목사에게 아들 현피터와 현엘리스라는 딸이 있다는 말은 들었지만, 아직 그들을 본 적이 없었다. 상해로 온 지 1년이 조금 지날 무렵 그녀가 나타났다. 그녀는 경성에서 이화학당을 다니던 중 미국으로 유학했고, 유학 도중에 상해로 들어온 것이다.

그녀의 첫인상은 이국적이었다. 조선이나 상해에서 볼 수 없는 세련된 여인이었고 하얀 피부가 갸름한 얼굴을 돋보이게 했으며 가느다란 몸매였지만 정념이 출렁였다. 그녀와 우연히 마주치기라도 하면 시선을 피해야 했다. 어찌 된 영문인지 그녀의 시선을 마주할 수가 없었다.

성격이 밝고 활달한 그녀는 스스럼없이 먼저 다가와 인사를 건넸다.

"안녕하세요."

세수하고 거실로 들어서며 마주친 그녀의 인사가 거리낌이 없다.

"예… 안녕하세요."

헌영은 부끄러운 듯 인사를 건네고 방으로 들어가려는데 뒤에서 그녀가 물었다.

"차 한 잔 드릴까요?"

"예, 고맙습니다."

그녀가 건네는 차에서는 한 번도 맡아보지 못한 냄새가 났고 검은 진흙을 이겨서 만든 것처럼 색이 탁했다. 멀뚱히 차를 바라보며 어색하게 물었다.

"미국 사람들이 마시는 차인 모양이지요?"

"예, 커피라고 합니다."

"음, 좀 익숙하지 않군요."

"처음에는 그런데 마시다 보면 익숙해지죠."

커피를 주제로 나누던 대화가 끊기자 두 사람 사이에 어색한 침묵이 흘렀다. 어색한 침묵을 깬 것은 그녀였다.

"미국이라는 나라가 궁금하지 않으세요?"

헌영이 잠시 생각하는 표정을 짓더니 하는 말이 엉뚱했다.

"음 글쎄요 지금까지 저의 머릿속에는 미국이라는 나라에 대해 한 번도 생각해 본 적이 없어서요."

"그래요? 소련과 중국만 있는 게 아니고 세상은 꽤 넓습니다."

그녀는 넓은 안목을 가지라는 의미로 말하고 있었지만, 헌영은 수긍하지 않았다.

"현순 목사님을 통해 미국을 비롯한 자본주의 사회에 대해 들었지만 자본주의 체제로는 조선의 독립을 쟁취할 이념과 방법이 없었습니다. 조선의 독립을 위해 필요한 것은 프롤레타리아 혁명뿐이라는 게 저의 확고한 생각입니다. 쓸데없는 사상에 정신을 빼앗기는 것은 시간 낭비일 뿐입니다."

헌영의 확신에 찬 어조에 그녀는 알 듯 모를 듯한 미소를 지었다.

 이후 헌영은 그녀에게 영어를 배우게 되는데 영어를 배우려는 목적보다 그녀와 시간을 보내기 위함이었다.
 열정적인 성격이었지만 사랑을 얻는 데는 소극적이었다. 그녀를 향한 연정을 속으로만 꾹꾹 눌러 드러내지 않았다. 하지만 가슴에 눌러둔 욕망과 감정을 더 이상 주체 할 수 없을 무렵 숨겼던 마음이 뜬금없는 말로 터져 나왔다.
 "황포 강변에… 꽃이 좋답니다."
 앞뒤 말 다 자르고 뜬금없이 던진 말에 그녀가 의아한 표정을 지었다. 얼떨결에 말은 던져놓았으나 그녀가 의아한 표정을 짓자 등에서 식은땀이 흘러내렸다. 이내 말뜻을 알아챈 그녀가 데이트 신청이냐며 살포시 웃었다. 웃는 모습은 마치 한 송이 백합을 보고 있는 듯했다.
 높은 언덕에는 온갖 꽃들이 살랑이는 바람에 하늘거렸고 황포강은 황혼에 붉게 물들었다. 계절에 마음을 빼앗겨 본 적이 없는 헌영은 봄 저녁이 이토록 아름답고 살랑이며 불어오는 바람이 이토록 향긋한 것인지 처음 알았다.
 설핏 어둠이 내릴 무렵 그녀가 강변을 따라 천천히 언덕을 오르는 모습이 보인다. 얼른 벤치에서 일어나 매무새를 가다듬으며 그녀를 맞이했다. 수줍은 눈인사를 나누고 벤치에 앉은 그들은 두 갈래 갈색 물줄기를 헤치고 물길을 거슬러 올라가는 화물선을 한동안 바라보았다. 황혼에 붉게 물든 그녀의 얼굴 위로 몇

가락 머리카락이 하늘거렸다.

수십 번 머릿속에서 정리했던 고백을 하기 위해 깊은숨을 들이쉬고 막 고백하려는데 그녀가 입을 열었다.

"미국으로 유학을 떠나기 전에 정혼한 사람이 있었어요."

"!"

그녀는 조용히 시선을 떨어트렸고 검고 탐스러운 머리칼이 하얀 목덜미로 흘러내렸다. 마음이 아프다는 말을 알 수 있을 듯했다. 예리한 무엇이 가슴을 치고 갔고 아득하게 현기증이 몰려왔다.

"정혼…이라니요…?"

"이화학당을 그만두고 미국 유학 하기 전 아버님께서 정혼하고 가라고 하셔서…"

"음…"

입안에 쓴 물이 고여 와 한동안 말을 하지 못했고 먼 산으로 시선을 옮겨야 했다. 인생이 송두리째 엎어진 것 같은 느낌이 들었다. 그녀의 그윽한 눈빛은 나만의 착각이었을까? 비록 정혼한 사람이 있다고 해도 꼭 그 사람과 결혼해야 하는 것은 아니잖은가? 그녀가 정혼한 사실을 알리는 저의는 무엇일까? 짧은 시간에 떠오른 생각들이 머릿속을 어지럽혔다.

뒷모습을 바라보는 애타는 마음을 아는지 모르는지 그녀는 천천히 언덕을 내려갔다. 한동안 그녀의 뒷모습이 헌영의 뇌리에서 떠나지 않았다. 가슴은 공허했고 매사가 무기력했으며 안타까움과 분노가 가슴을 파고들었다.

헌영의 열병은 지독한 것이었다. 상해라는 도시를 떠나지 않고는 살아갈 자신이 없었다. 그는 홀연히 상해에서 모습을 감추었다.

소비에트 혁명

사랑의 열병을 앓던 헌영은 마음을 추슬러야 했다. 언제까지 여자 때문에 시간을 낭비할 수 없는 노릇이다. 무엇인가에 정신없이 몰두해야 그녀를 잊을 수 있을 것이다.

그 무렵 러시아혁명을 성공시킨 레닌은 혁명의 불길이 아시아로 번지기를 원했다. 그는 '극동피압박민족대회'라는 이름으로 극동의 공산주의자들을 모스크바에 초청했다. 어떤 운명이 기다리고 있는지 모르겠지만 헌영은 또다시 운명 앞에 과감하게 몸을 던지었다. 그것은 모스크바로 떠나는 것이었다.

모스크바로 가는 여정은 간단치 않았다. 일행은 스위스 제네바와 오스트리아 빈을 거쳐 시베리아 횡단 열차를 타고 모스크바로 들어가야 했다. 모스크바로 향하는 시베리아 횡단 열차는 지루함과 매서운 추위와의 싸움이었다.

기차 안은 밖과 다를 바 없어 있던 옷을 전부 껴입어도 추위를 견디기 어려웠다. 일행 중 고령인 현순 목사는 감기와 몸살을 달고 있었고 헌영 역시 모스크바에 도착했을 때는 이미 탈진한 상태였다. 그들은 꼼짝도 하지 못하고 숙소에서 3일을 보내야 했다.

3일이 지났지만 몸은 완쾌되지 않았다. 하지만 극동피압박민족대회에 참가하지 않을 수는 없는 노릇이었다. 그토록 고생스러운 길을 오로지 바라고 온 대회 아니던가? 심하게 몸을 떠는 현순 목사와 헌영은 무거운 몸을 이끌고 겨우 대회장에 참석했다.

대회장은 혁명 열기로 후끈 달아올라 있었다. 뜨거운 혁명의 불꽃이 타오르는 대회장 분위기를 보자 몸이 말끔히 낫는 듯했다. 헌영은 열정에 불타는 레닌과 소련 혁명 주체 세력들의 지도력을 현장에서 확인하고 주먹을 불끈 쥐었다.

조선에서 대회에 참가한 사람은 현순 목사와 헌영 외 소수의 인사였다. 레닌과 소련 지도부는 각 나라의 대표 자격으로 대회에 참석한 사람들을 접견했다.

레닌과 소련 혁명 지도부를 접견하는 헌영의 가슴이 격렬하게 뛰었다. 헌영이 러시아말로 레닌에게 인사를 올리자, 레닌을 비롯해 모두의 시선이 그에게로 향했다.

"위대한 프롤레타리아 혁명의 전위이신 레닌 동지와 혁명지휘부에 무한한 존경과 감사를 담아 조선 인민들을 대신하여 열렬한 인사를 전합니다."

유창한 러시아어로 인사를 전하자, 레닌과 지도부는 만족스러운 웃음을 띠었고, 조선에서 온 대표라는 말에 레닌이 의문을 품으며 물었다.

"지금 조선은 사회주의 혁명 세력이 미미한 것으로 알고 있는

데…"

"그렇습니다. 일제는 사회주의 세력을 탄압하고 말살하는 데 혈안이 되어있어 조선에서 사회주의 활동은 불가능할 정도입니다. 그래서 중국에 거점을 두고 투쟁하고 있습니다."

"조선 프롤레타리아 혁명에 성공하려면 인민들 속으로 들어가야 하오."

"그것이 저희의 애로점입니다."

"그런데 당신은 누구요?"

"저는 고려공산당 청년동맹 위원장 박헌영이라고 합니다."

"고려공산당 청년동맹?"

"상해를 거점으로 둔 조선 청년들의 공산당 조직입니다."

레닌은 주변 지휘부에 무엇인가 잠시 지시하였고 다른 참석자와 대화를 이어 나갔다.

소련 혁명지휘부와 미세하게나마 연결의 끈이 닿은 것은 헌영에게 크나큰 행운이었고 엄청난 힘이었다. 대회를 마치고 며칠 후 소련 고려공산당 당원이라는 자가 헌영이 묶는 숙소를 방문했다. 고려공산당은 소련의 후원을 받는 조직으로 소련 내에 세력이 상당했다.

"박 동지에 대한 소련 지도부의 기대가 크다는 점을 인식하시오."

"소련 지도부에서 관심을 주시니 저에게는 큰 힘이 됩니다. 아무쪼록 감사함을 전합니다."

"대회에서 조선 내 공산당 거점 이야기가 나온 거로 알고 있는데 박 동지가 그 일을 맡아서 할 수 있겠소?"

"그러려면 재정이 우선 안정적이어야 하는데 재정 마련은 어떻게 하시겠는지요?"

"고려공산당에서 재정과 조직을 지원하겠소."

조선에서 사회주의 조직을 건설하는 일은 위험한 일이었지만 어차피 사회주의 혁명에 목숨을 바치기로 하지 않았는가?

"좋습니다."

"레닌 동지와 소비에트 혁명 전위 주체가 동지를 눈여겨보고 있는 것을 명심하시오."

"알겠습니다."

헌영의 가슴이 심하게 요동쳤다.

후일 헌영을 찾아왔던 이는 고려공산당 조직비서까지 올랐던 김만겸이었고 헌영이 조선에서 활동하는 기간 동안 돈과 조직을 은밀히 제공했던 자이다. 헌영은 그에게서 100원의 여비를 받아 조선으로 잠입했다.

레닌을 만나고 소련식 인민 혁명을 구상하고 있던 그는 이미 일본 경찰의 요시찰 인물이 되어있었다. 수염을 붙이고 검정 선글라스를 쓰고 변장을 한 채 소련을 떠나 조선으로 들어오는 길에 일본 경찰의 검문이 심했다. 그는 위조된 신분증을 가지고 검문을 피해 신의주까지 무사히 도착할 수 있었다.

신의주 여관에서 경성으로 잠입하기 위해 일경들의 동태를 살피던 어느 날 일단이 일경들이 여관으로 들이닥쳤다. 그들은 헌영의 손을 뒤로 묶고 입에는 재갈을 물린 채 어디론가 끌고 갔다.

노덕술

헌영이 끌려온 곳은 신의주경찰서 지하였다. 음습한 습기가 가득했고 비릿한 피 냄새를 풍기는 그곳은 독립운동가들만 조사하는 특별 조사실이었다. 헌영은 온몸이 결박이 된 채 책상을 사이에 두고 형사와 마주 앉았다.

"나하고는 첫 대면이군."

조선말이 어색하지 않은 것으로 보아 형사는 조선인이었다.

"…"

헌영은 어떤 질문에도 대답하지 않기로 마음을 굳히고 있었다.

"뭐야? 그 잘나 빠진 묵비권이라는 걸 행사 하는 건가?"

"…"

"묵비권이라… 묵비권 좋지. 그런데 묵비권은 아무에게나 주는 권리가 아니야. 그러니까 너희같이 사회를 어지럽히는 사상범들에는 묵비권이 없다. 알겠나!"

"…"

"몇 가지만 확인할게."

"…"

"너에게 지령을 내리는 상부 조직이 누구인가?"
"…"
"조선 내 공산당 조직과 거점을 대라."
"…"

그럴 줄 알았다는 듯 형사가 입술을 찌그러트리며 웃었다.
"망치하고 못 가지고 와!"
"하이!"
'망치와 못이라니…?'

설마 몸에 못을 박으려는 건 아니겠지, 라는 생각과 함께 극도의 공포감이 몰려들었다.

부하가 망치와 대못을 가지고 오자 몸 하나가 겨우 들어갈 만한 상자를 손가락으로 가리켰다.

"상자 안으로 들어가."

비열한 웃음 뒤에는 어디 맛 좀 봐, 라는 표정이 감추어져 있었다. 헌영이 상자로 들어가자, 뚜껑이 덮였고 뚜껑 위에 못질을 했다.

헌영은 자백할 때까지 좁은 공간에 가두어두려는 수작이구나, 라는 생각이 들었다. 그 정도 고문이라면 참을 수도 있겠다 싶은 순간 어깨 쪽에서 상자를 뚫고 못이 들이닥쳤다. 첫 번째 상자를 뚫고 들이닥친 못은 몸을 비켜나갔지만 잠시 후 허벅지에 강력한 통증이 파고들었다. 허벅지를 파고든 못은 몸속 깊은 곳까지 파고들었고 곧이어 왼쪽 어깻죽지에도 못이 파고들었다.

두 번째 못이 어깻죽지를 파고들었을 때 굳게 다물었던 입은 자연스럽게 벌어져 신음이 새어 나왔다. 조금이라도 움직이면 못이 박힌 상처에서 죽음보다 더한 통증이 몰려들었다. 멎을 듯한 숨을 간신히 참으며 애원했다.

"묻는… 말에 대답할 테니 꺼내 주시오."

자존심도, 공산당 조직도 머릿속에서 사라져 버렸다. 생전 듣도 보도 못한 무자비한 고문은 헌영의 몸과 정신을 완전히 장악해 버렸다.

자백 하겠다고 했지만 상대는 못을 뽑아주지 않은 채 물었다.

"나는 너의 신체 어느 부위에 못이 박힌 줄 모른다. 다만 머리에 박히지 않아 정신이 있다면 내가 묻는 말에 답변하라."

"…"

"머리에 못이 박혔나?"

"…으으, 그러지는 않습니다."

"그래. 그럼 다행이군. 내가 묻는 말에 대답하겠나?"

"예, 그렇게 하겠습니다."

"만약 또 헛소리를 지껄이면 지금의 고통은 아무것도 아니란 걸 알게 해주지."

상자에 박힌 못이 뽑히기 시작하고 어깨와 허벅지에 박힌 못이 몸에서 뽑혀 나갔다. 어깨에 박힌 못은 뼈를 뚫고 들어와 한 번에 뽑지 못했다. 뼈까지 딸려 나가는듯한 통증에 숨이 멎었고, 온몸은 물바가지를 뒤집어쓴 듯 땀으로 흥건했다.

뚜껑이 열렸지만 스스로 밖으로 나가지 못하고 몸을 웅크리고 있자, 형사는 발로 상자를 밀어 버렸다. 상자와 함께 내동댕이쳐

진 몸이 바닥을 굴렀다. 바닥을 뒹구는 헌영 곁으로 형사가 다가와 다행이라는 표정을 지었다.

"오호, 다행히 못이 2개만 박혔군. 너는 운이 좋은 편이야."

"…"

"너희 같은 놈들 목숨 하나쯤은 파리 목숨보다 못해. 내가 아까 물어보았던 질문에 답변하겠나?"

헌영은 그의 말이 엄포가 아니란 걸 알았다. 미친 바람이 불고 있는 세상이 아니던가? 충분히 그러고도 남을 자였다. 가늘게 고개를 끄덕이자, 형사가 흡족한 듯 웃음을 띠고 헌영을 일으켜 세우려다 갑자기 동작을 멈추고 킁킁거리며 냄새를 맡았다.

"킁킁 가만 이게 무슨 냄새인가?"

헌영 쪽으로 코를 들이대며 냄새를 맡다가 코를 막으며 뒤로 물러서며 소리를 질렀다.

"이놈이 바지에 똥을 싸지 않았나?"

헌영은 바지를 얼른 벗어 싸놓은 똥을 허겁지겁 집어삼켰다. 입안에 가득 든 똥을 우물거리며 씹어 삼키고 양손에 든 똥을 입안으로 꾸역꾸역 밀어 넣어 목구멍으로 삼키었다. 허겁지겁 똥을 집어삼키는 장면이 퍼뜩 이해되지 않았던 형사는 눈을 동그랗게 뜨고 바라보다가 헌영이 마지막 똥까지 목구멍으로 삼키자 헛구역질하며 돌아섰다.

"우웩! 이놈이 미쳐 버렸구먼! 검찰로 사건을 송치해."

부하에게 큰소리로 지시하곤 쾅 소리가 나도록 문을 닫고 밖으로 나가버렸다.

후일 알게 된 사실이지만 조선인 형사는 노덕술이라는 자였다. 그는 출세욕이 강한 사내였다. 자신의 출세를 위해 항일사상을 가진 독립군을 잡는 데 혈안이 되어있었고 그에게 잡힌 자는 무자비한 고문을 당해야 했다.

헌영은 그 후 재판에 넘겨져 신의주지방법원에서 '대정(大正) 제령 제7호' 위반으로 징역 1년 6월의 형을 받았다.

신의주 교도소에서 징역 사는 동안 어머니는 부근에 방을 얻어 그의 옥바라지를 했다. 김단야와 임원근도 소문을 들어 신의주 교도소에 갇힌 것을 알고 있었지만, 면회하는 것은 위험한 일이었다. 둘은 이름을 감춘 채 편지를 보내왔고 영치금을 보내주기도 했다.

신의주 교도소에서 1년 6개월은 헌영의 이념과 사상을 더욱 견고히 다진 시기였다. 종이와 연필을 구할 수 없어 조선공산당 조직의 윤곽을 머릿속에서 그렸다가 지우며 뼈대를 설계했다.

주세영

  1년 6개월의 수감생활을 마치고 경성으로 돌아왔을 때는 정월이었다. 폭설이 내려 전철이 운행되지 않아 서울역에서 종로까지 걸어야 했다. 3년 전 떠날 때와 달리 경성 시내에는 3층 건물이 많이 들어섰고 조선 땅으로 건너온 일본인들도 많이 늘었다. 종로로 들어설 무렵 어둠이 내렸지만, 달빛을 받은 눈이 사위를 고요하게 비추고 있었다. 희끄무레한 빛과 한줄기 차가운 바람이 휘둘러 나오는 골목길은 을씨년스러웠다.
  김단야의 집은 막다른 골목길 끝 집이었다. 가늘게 뛰는 가슴을 진정하며 마당으로 들어서자, 안방에 커놓은 촛불이 창호지를 희미하게 비취고 있었다. 섬돌을 지나 마루로 올라서며 불쑥 안방 문을 열고 들어가자, 김단야가 "헉."하고 놀래며 뒤로 몸을 젖히었다. 그리곤 곧바로 자리에서 벌떡 일어나 헌영의 허리를 부둥켜안고 공중으로 들어 올려 몇 차례나 빙빙 돌리다 내려놓았다.
  3년 만에 민난 그들은 격한 흥분을 가라앉히고 마주 앉았다.
  "자네 신의주 교도소에 수감된 것은 알았네만 일본 경찰 눈이 무서워서 가지 못했네. 미안허이."

"아닐세. 경성에서 신의주가 어디인가 그리고 나를 면회 하는 게 위험한 일이기도 하고 말이야. 하나도 섭섭지 않네."

"참, 이럴 게 아니라 내가 원근이를 부를 테니 탁주나 한잔함세."

김단야가 급히 뛰어나갔다 오더니 헌영에게 밖으로 나가자고 했다.

"지금 원근이를 이문옥 설렁탕집으로 오라고 했네. 모처럼 회포나 푸세."

헌영과 김단야가 설렁탕집에 도착했을 때 임원근은 이미 도착해있었다. 둘은 손을 마주 잡고 얼싸안으며 서로의 등을 두드렸다.

"고생이 많았네."

"어차피 가시밭길인 걸 알고 들어선 길인데 각오해야 하지 않겠는가?"

셋 사이에 탁주 잔이 몇 순배 돌았고 그윽한 취기가 올라오자 김단야가 물었다.

"그래 이제 무엇을 할 생각인가?"

"일단 호구지책을 해야 하니 신문사에 좀 취직시켜 주게."

김단야와 임원근이 서로의 얼굴을 바라보다가 고개를 떨구었다.

"현재 총독부에서는 사회를 불온케 하는 사상범들은 신문사 취업을 금지해 놓았네."

"음…"

헌영이 잠시 생각에 잠겨있다가 뭔가 생각났다는 듯 둘을 바라보며 물었다.

"내가 떠나기 전 자네들 내게 한 약속을 기억하고 있나?"

김단야가 조심스럽게 주변을 살피며 낮게 대꾸했다.

"조선의 독립을 위해서는 사회주의 외에 대안이 없다는 게 우리들이 내린 결론이네."

헌영이 반색을 하며 눈을 빛냈다.

"사실 신문사에 취직한다는 말은 농담이었네. 내가 경성에 들어온 목적은 조선공산당을 창당하기 위해서 들어온 것이네."

"조선공산당?"

둘이 똑같이 나직이 물어오는 말이었다.

"놀라지들 말게. 나는 소련 혁명지휘부를 만났네."

"소련 혁명지휘부라면!!"

"레닌 동지를 비롯해 소련 혁명지도부 전부를 만났어."

"그 말이 참말인가?"

헌영이 극동피압박민족대회에 참가하게 된 경위와 대회에서 레닌 등과 나눈 대화 내용을 이야기하자 둘의 눈이 전등처럼 커졌다.

"내가 알기로는 공산당은 1국 1당, 즉 한나라에 한 개의 당만을 세우는 것으로 알고 있는데 그렇다면 자네가 조선공산당 총책이라는 말인가?"

"그동안 원근이가 공산주의 공부를 좀 했구먼. 하하."

한동안 웃음을 추스른 헌영이 둘에게 나직이 일렀다.

"소련 혁명지도부가 후원하는 고려공산당이 나에게 조선공산당 창설 책임을 맡기었네."

"…음."

한동안 생각에 잠겨있던 김단야와 임원근이 물었다.

"조선 내에 조직은 어느 정도인가?"

"지금 이 자리가 시작이야. 자네들이 도와 줄 수 없겠나?"

"…"

"알겠네. 우리도 힘닿는 데까지 도움을 주겠네."

김단야와 임원근은 신문사를 그만두지 않은 채 비밀리에 헌영이 조직한 공산당에 입당하였고 해체되었던 화요 3인조는 다시 결성되었다.

조선공산당은 철저하게 점조직 형태로 지하에서 활동했다. 일본의 사회주의 단체는 공개적으로 활동했지만, 조선공산당은 항일을 전제로 했기에 공개 활동을 할 수가 없었다. 고려공산당으로부터 재정을 지원받았고 조직의 일부를 인수한 헌영은 조선공산당을 창당하기 위해 필사의 노력을 기울였다.

화요 3인조가 주축이 된 전조선민중지도자대회를 준비하는 과정에서 여성동맹 부위원장인 허정숙이 한 명의 여인을 데리고 왔다. 두 살 연상인 그녀는 관북의 명문 함흥 영생고보를 마치고, 상하이 안정씨 여학교에서 피아노를 전공한 여인이었다. 그녀는 우아하고 수려한 외모와는 달리 3·1운동 당시 함흥에서 만세 시위를 주도 하는 등 독립운동에 열성적인 여인이었다. 그녀의 이름은 주세영이었다.

그녀와 첫 만남에서 나누었던 토론은 나라의 독립과 관련한 문제였다. 그녀는 순수하게 나라의 독립에 관심을 두었을 뿐 사회주의 색채를 띠지 않았다.

"나라의 독립을 원하는 것은 조선인으로서 당연한 일입니다. 거기에 사상이 개입될 이유가 없다고 보는 것이 제 생각입니다."

"내 말은 3.1 만세운동에 반드시 사상이 개입되어야 한다는 것은 아니고 그렇게 소규모적이고 무계획적인 방식으로는 독립을 이루어 낼 수가 없습니다. 혁명 투쟁은 조직적이고 뚜렷한 목표의식을 가지고 전개될 때만 그 성과를 거둘 수 있을 것입니다. 그것을 조직하고 목표를 의식화할 수 있는 것이 바로 공산주의 사상이라는 것입니다."

이후 그녀는 헌영이 이끄는 사상투쟁 총화에 몇 회 참석하고부터 열성적인 공산주의 신봉자가 되었다.

주세영은 헌영을 만나고 세상을 바라보는 눈이 달라졌다. 그는 작은 레닌이라고 불릴 정도로 사회주의 이론에 밝은 사람이었다. 전 조선을 통틀어 그만큼 사회주의 이론에 능통하고 사상으로 단단하게 무장된 사람은 없었다. 그리고 그가 바라보는 세계관과 현실 판단은 결국은 옳은 것으로 보였다. 주세영은 그의 지적이고 깨트릴 수 없는 단단한 신념을 확인한 후 존경심과 함께 이성으로서 관심을 가지게 되었다.

그는 조선의 독립을 이룰 것이고 독립된 조선을 이끌어갈 인물이었다. 이들이 만난 지 두 달이 지날 무렵 동거를 시작하였고 둘 사이에 딸 비비안을 두었다. 주세영은 여성운동을 이끄는 한편, 고려 공산청년동맹 중앙 후보위원으로 활동하는 등 사회주의 운동의 핵심으로 부상했다.

일제는 그녀를 "여성 사회주의자 가운데 가장 맹렬한 자"로 평가하며 요시찰인물로 감시했다. 그녀는 1924년 5월 경성에서 사회주의 여성단체 여성동우회 집행위원으로 선임되었고 이듬해 1월 경성 여자청년동맹 결성을 주도했으며 4월에는 조선공산당에 가입하였다. 이 모든 활동의 배후에는 헌영의 치밀한 전략이 숨어있었다.

제1차 조선공산당 검거 사건을 시작으로 이들 부부는 망명과 도피, 그리고 번갈아 가며 투옥 생활을 거치면서 그들은 가정을 돌볼 겨를이 없었다. 1차 조선공산당 사건으로 헌영은 조직의 수괴로 7년형을 선고받았고 서대문교도소에서 형을 살았다. 주세영은 수감 중인 헌영의 옥바라지를 했는데 5년이 지난 어느 날부터 발길이 끊어졌다.

바깥 사정을 알 길 없는 헌영은 그녀가 다른 사건에 연루되어 일경에 체포되었을 거라 막연하게 짐작할 뿐이었다. 집사람이 발길을 끊은 후 김단야도 면회를 오지 않았고 헌영을 면회하는 사람은 임원근 한 명뿐이었다.

"이보게 원근이. 집사람이 일경에게 잡혀 투옥되었는가?"

"…"

임원근은 착잡한 표정만 지을 뿐 묵묵부답했다.

한쪽 가슴이 철렁하고 내려앉았다.

"…집사람이 죽었는가?"

조심스러운 물음에 임원근이 고개를 돌리며 대답하지 않았다.

"…"

"애간장이 녹네. 말 좀 해보게."

간곡하게 답변을 기다렸지만, 임원근은 엉뚱한 말을 할 뿐이었다.

"자네 형기가 얼마 남지 않았는데 몸조리나 잘하고 나오게."

"아니 이 사람아, 죽었으면 죽었다, 일경에 끌려갔으면 끌려갔다, 속 시원하게 말해보게. 내 충격받지 않을 터이니. 그리고 딸 비비안은 누가 키우는가?"

"…나도 소식은 잘 몰라. 그리고 비비안은 잘 자라고 있으니 염려치 말게."

"…설마 집사람이 죽은 건 아니겠지?"

"…"

집사람 이야기만 나오면 입을 닫아버리는 임원근이었다. 차라리 일경에 체포되어 옥살이라도 하고 있으면 그보다 다행한 일이 없을 것이다. 하지만 임원근이 집사람 이야기만 나오면 입을 닫아버리는 것을 보고 헌영은 그녀가 죽었으리라 확신했다.

나머지 형기를 채우려면 2년이 더 있어야 했는데 하루하루가 마치 한 달이나 되는 듯 교도소의 시간은 더디게 흘렀다. 서대문 교도소에서 만기출소 했을 무렵은 무더운 여름이었다. 아침이었지만 바람은 후덥지근했고 맹렬한 기세로 태양이 내리쬐고 있었다. 교도소 앞을 지키고 있던 임원근이 두부를 건넸다. 임원근이 건네는 두부를 가만히 받아 들고 감회어린 표정을 지었다.

"앞으로의 일은 어떻게 될지 알 수 없지만 내게 지금은 매우 소중한 시간이네."

"…?"

"자네는 알지 못하겠지만 나는 교도소에서 7년간 매일 두부를 먹는 상상을 했네."

두 손으로 두부를 움켜쥐고 한 조각도 남기지 않고 우물거리며 삼키는 모습을 임원근이 안타까운 시선으로 바라보았다.

"고생 많았네."

말없이 임원근이 손을 내밀자, 헌영이 두 손을 바지에 문댄 후 굳세게 잡았다.

"고맙네. 잊지 않고 찾아와주어."

"그래 어디로 갈 건가?"

"어디로 가기는 집으로 가야지."

"…당분간 우리 집에 가서 묶도록 하게."

"왜? 어디로 이사를 간 건가?"

"그게 아니고…"

임원근이 난처한 얼굴로 말을 잇지 못했다.

"일단은 집으로 가야겠네. 자네도 같이 갈 텐가?"

"아니야 나는 급한 볼일이 있어서."

어지간한 일에도 서두르지 않는 임원근이 황망히 손을 저으며 자리를 떴다.

 골목길은 7년 전이나 변한 것이 없었다. 좁은 골목길을 들어서자 쓰러져가는 대문 앞에 8살 정도 계집아이가 땅에 무언가를 그리며 혼자 놀고 있었다. 1살 때 헤어졌지만 첫눈에 비비안이라는 것을 알 수 있었다. 비비안이 헌영을 멀뚱히 올려다보았다.
 "비비안 이구나!!"
 번쩍 안아 들고 대문을 들어서자, 아내가 마루를 내려서고 있었다. 반가운 마음에 아이를 내려놓고 다가가 손을 잡았다.
 "오오! 별일 없었구려!! 나는 무슨 일이 생긴 줄 알고 애간장이 다 녹았소."
 헌영은 반가워 손을 잡고 기뻐했지만 주세영은 당황하여 어찌할 바를 모르고 허둥대며 시선을 맞추지 못했다.
 의도한 것은 아니었지만 시선이 아내의 배로 향했다. 아내의 배가 불러있었다. 가슴에서 돌 떨어지는 소리가 나며 아득한 현기증이 몰려왔다. 약간의 거리를 둔 부부 사이에 무거운 침묵이 흘렀다.
 "어찌 된 일이요?"
 조용히 묻는 말투에 가늘게 떨림이 묻어나왔다.
 "……"
 땅에 고정된 시선을 들지 못한 채 돌처럼 굳어버린 세영이 힘들게 입을 열었다.
 "미…안 합니다."

헌영은 섬돌 위에 놓여 있는 구두를 바라보았다. 누군가가 안방에 있는 것이 틀림없었지만 구두의 주인은 바깥으로 나오지 않았다.

잠시 후 마당에 도는 정적을 깨트리며 안방 문이 열렸다. 천천히 문을 열고 나온 사내는 김단야였다.

"…"

어색한 시선들이 마당에 교차했고 헌영의 몸이 조금씩 떨리기 시작했다.

"이… 이보게. 잠시 들어오게. 이야기나 좀 하세."

김단야는 안방으로 들어갔고 헌영이 마루로 올라섰다.

안방에서 마주 앉은 두 사람 사이에 어색한 침묵이 흘렀고 주세영은 방으로 들어오지 않았다.

"여기 탁주나 받아 오소."

김단야가 바깥으로 기별을 넣는 것을 보고 헌영의 얼굴에서 열꽃이 돋아나왔다.

잠시 후 개다리소반에 탁주와 무장아찌 안주를 받쳐 든 세영이 둘 사이에 상을 놓아두고 조심스럽게 안방 문을 닫고 나갔다.

"면목이 없게 되었네."

탁주를 한 잔 가득 따라 들이킨 김단야가 고개를 외로 돌리며 하는 말에 대꾸할 말이 떠오르지 않았다.

"…"

헌영의 시선을 외면한 채 김단야가 또다시 힘들게 말을 꺼냈다.

"이렇게 간단하게 이야기해서 될 문제는 아니지만 어찌 되었든 변명은 하지 않겠네."

헌영은 김단야를 날카롭게 쏘아보며 질책하듯 말을 던졌다.

"나는 자네를 둘도 없는 친구로 알았네."

"…"

"어찌 친구의 아내를 처로 삼을 수가 있는가?"

"…자네가 어떤 처분을 하든 나는 달게 받겠네."

김단야가 고개를 푹 숙이며 참담한 표정을 지었다.

"어떤 처분이라니? 그래 내가 어떤 처분을 하면 되겠나?"

"…관계를 정리하라면 당장이라도 정리하겠네."

"하하하. 정리라. 그래, 좋네. 정리했다고 쳐 보세. 자네와 관계를 정리한다고 집사람과 내가 정상적으로 살 수 있겠는가? 그리고 자네와 내가 예전처럼 친구로 지낼 수 있겠는가?"

"……"

막걸리 두 주전자가 비워질 때까지 둘 사이에 대화가 끊기었다. 헌영이 주머니에서 돈을 꺼내어 김단야 앞으로 밀었다.

"감옥에서 쓰지 않고 모아둔 돈일세. 피처럼 아낀 돈으로 이토록 쓴 막걸리를 먹을 줄은 꿈에도 몰랐네."

이들이 막걸리 세 주전자를 비웠을 무렵은 이미 밤이 늦었지만 세영은 안방으로 들어오지 않았다.

"여보세. 밤도 늦있으니 오늘은 여기서 쉬고 가게나."

"음… 이곳에 내가 몸 누일 곳이 있겠는가?"

"건넌방이 누추하지만, 자리를 봐주겠네."

헌영이 건넌방으로 건너가고 나서야 주세영은 안방으로 들어갔고 촛불이 꺼졌다. 세 사람에게 너무도 길었고 고통스러운 묘한 시간이었다.

뜬눈으로 밤을 새운 헌영은 조용히 문을 열고 마루로 내려섰다. 희미한 여명이 비치는 안방에는 인기척이 없었다. 섬돌로 내려서 신발을 신고 마당을 가로질러 대문을 나섰다.

잠을 이루지 못하기는 주세영과 김단야도 마찬가지였다. 새벽빛이 밀려올 무렵 건넌방 문이 열리는 소리를 들었지만 그들은 바깥으로 나오지 못했다.

심훈의 필경사

여명이 밝기 전에 그의 발걸음이 향한 곳은 서울역이었다. 그곳에서 첫차를 타고 내린 곳은 충남 당진이었다. 역에서 필경사까지는 걸어서 족히 30리 길이었다. 속이 헛헛했지만 소태처럼 쓴 입안은 어떤 음식도 삼킬 수 없을 듯했다. 천천히 걸어 정오 무렵 필경사에 도착했다.

필경사는 팔각지붕을 얹은 초가로 아담한 '一'자형 목조주택이었다. 마당으로 들어서자 마당을 쓸고 있던 심훈이 깜짝 놀라 빗자루를 내던지고 한걸음에 달려왔다. 가까이서 헌영의 얼굴을 본 심훈이 경악하며 탄식을 내뱉었다.

"이게 자네의 얼굴인가?"

"여보게 박 군!! 이게 정말 자네의 얼굴인가?"

"두개골이 드러나도록 바싹 말라버린 머리털!!"

"아아 이것이 과연 자네의 얼굴이던가?"

"오냐 박 군아!!!"

"눈은 눈을 빼어서 갚고."

"이는 이를 뽑아서 갚아주마."

"우리들의 심장의 고동이 끊길 때까지."

심훈은 경기고등학교 동창으로 친하게 지낸 친구였고, 3.1 만세운동에도 함께 참가하여 만세운동을 했으며 옥살이도 같이한 친구였다. 후일에는 동아일보에 입사하여 같이 기자 생활을 했으며, 철필구락부 사건으로 동아일보에서 해직되어 귀향하여 소설을 쓰고 있었다. 철필은 펜을 말하는 것이고, 구락부는 일본식 영어 발음이다. 말 그대로 평기자 중심의 민주 언론 단체를 결성하여 일제에 저항하다가 평기자들이 대량 해직될 때 그 역시 해직되었던 것이다. 필경사는 말 그대로 붓으로 밭을 일군다는 뜻으로, 심훈은 글로 항일 투쟁을 하는 곳이었다.

심훈은 헌영과도 친하게 지냈지만, 김단야와 주세영과도 친하게 지낸 인물이었다. 하지만 낙향한 그가 둘 간의 관계를 알 리는 없을 것이다. 잠시 머리를 식히고 싶다는 헌영의 말에 심훈은 반색하며 얼마든지 있다가 가라고 했다.

심훈은 투명한 액체로 된 약을 헌영에게 주었는데, 무슨 약인지 몰랐지만 약은 그의 몸을 빠르게 회복시켰다.

어느 정도 몸이 회복되자 심훈이 약의 정체를 밝혔다.

"처음부터 알리면 자네가 먹지 않을까 봐 알리지 않았네. 그 약은 사실 인분으로 만든 약이라네."

"인분?"

"내가 만세운동으로 끌려가 온갖 고초를 겪고 고향으로 돌아오니 아버지께서 이 약을 주시더군. 그때 내가 꽤 효험을 봐서 자네에게도 준 것일세."

"인분으로 약을 만들었다는 말인가?"

"내가 만든 것은 아니고 아버지가 만들어 두었던 것인데, 오강단지에 똥과 오줌을 누어 반쯤 쌓이면 누룩을 얹어놓고 그 위에 고두밥을 덮어 넣고 땅에 1년 정도 묻어 숙성시킨 후 그것을 자루에 넣어 한 방울씩 떨어지는 물을 모으면 맑은 약이 되지. 고문을 당한 몸에 이보다 좋은 약이 없지."

"하하, 처음부터 알려줘도 나는 먹었을 걸세. 일전에 나는 내가 눈 똥도 집어삼킨 사람일세."

"자네 똥을!!"

일경에 체포되어 고문을 견디지 못해 광인 행세를 한 사실을 이야기하자 심훈이 치를 떨었다.

"오죽 못 견딜 고문이었으면 똥을 집어 먹었겠는가? 악랄한 놈들!!"

필경사에서 머무는 한 달 동안 헌영은 심훈의 도움으로 몸을 완전히 추스를 수 있었다. 몸은 회복되었지만 문득문득 머릿속에 떠오르는 생각은 떨쳐 버릴 수가 없었다. 좋은 쪽으로도 생각했다. 그래야만 그들을 용서할 수 있었다. 그들을 용서하지 않고는 그가 느끼는 번민과 분노를 잠재울 수 없었다.

필경사를 떠나려고 마음먹은 어느 날 심훈이 원고지를 건네며 읽어보라고 했다.

"어떤 내용이지?"

"우연히 안산에 사는 최용신이라는 사람의 이야기를 듣고 그 사람의 이야기를 소설로 쓴 거네."

상단부에 부제는 '상록수'였는데, 남녀 간의 사랑 이야기가 주제 같았다. 한때 그토록 사랑하던 여인이었고, 죽음을 같이할 정도로 막역한 친구였다. 원고를 읽고 있으면서 문득문득 머리를 스치는 생각에 집중할 수가 없었다. 헌영은 원고를 덮었다. 그들의 관계에 대한 분노와 배신감을 이곳에서 정리하지 않으면 한 걸음도 앞으로 갈 수 없을 것 같았다. 김단야의 변명을 들어보면 둘 간의 시작은 사랑이 아니었다. 궁핍한 혁명가의 삶을 살면서 같이 도피하기도 하며 비좁고 불편한 주거 환경 속에서 한순간 실수로 벌어진 '접촉 사고'였고, 그로 인해 아이가 생겼을 뿐이라고 했다.

"겨우 몸 하나 눕힐 좁은 공간에서 남녀가 밤을 새우다 보면 그럴 수도 있을 거야."

헌영은 주세영과 김단야를 필경사에 남겨두기로 결심했다.

헌영이 필경사를 떠나는 날 심훈이 시 한 편을 건넸다. 제목은 '그날이 오면'이었다.

그날이 오면, 그날이 오면은
삼각산(三角山)이 일어나 더덩실 춤이라도 추고,
한강(漢江) 물이 뒤집혀 용솟음칠 그날이 오면
그날이 목숨이 끊기기 전에 와 주기만 한다면
나는 밤하늘에 날으는 까마귀와 까치가 되어

종로(鐘路)의 인경(人磬)을 머리로 들이받아 울리오리다.

두개골(頭蓋骨)은 깨어져 산산조각이 나도

기뻐서 죽사오매 오히려 무슨 한(恨)이 남으오리까.

그날이 와서 오오 그날이 와서

육조(六曹) 앞 넓은 길을 울며 뛰며 뒹굴어도

그래도 넘치는 기쁨에 가슴이 미어질 듯하거든

드는 칼로 이 몸의 가죽이라도 벗겨서

커다란 북[鼓]을 만들어 들쳐 메고는

여러분의 행렬(行列)에 앞장을 서오리다.

우렁찬 그 소리를 한 번이라도 듣기만 하면,

그 자리에 거꾸러져도 눈을 감겠소이다.

"자네를 위해 지은 시야. 한가할 때 읽어보게나." 시를 다 읽어 내린 헌영이 감탄하며 몇 구절을 떨리는 목소리로 읽어 내렸다.

"드는 칼로 이 몸의 가죽이라도 벗겨서 커다란 북[鼓]을 만들어 들쳐 메고는 여러분의 행렬(行列)에 앞장을 서 오리다!! 역시 자네는 글쟁이야. 어찌 이리도 내 마음을 족집게처럼 표현했는가?"

헌영의 칭찬에 심훈이 조금 흥분한 투로 자신의 생각을 밝혔다.

"자네는 이제 또 가시밭길을 걸어야 할 걸세. 나도 조선의 독립을 위해 한때는 몸을 바쳤고 지금도 그 마음은 변함이 없네. 그런데 내가 볼 때 무력에 의한 독립은 요원한 일 같네. 우리에 비해 일제는 너무나 강해. 내가 상해에서 공부하면서 조선 독립을 위해서는 무력뿐만이 아니고 글로도 조선인들의 마음을 움직여야 한다는 걸 느꼈네. 나는 글로 조선 독립에 도움이 되고자 하네."

"조선의 독립을 위하는 길이라면 때론 무력으로, 때로는 글로 온갖 수단을 동원해야 할 필요가 있네. 사실 자네나 나나 결국에는 인민 속에서 해답을 찾으려는 것은 차이가 없지 않은가? 단지 지금 브나로드 운동하는 사람들이 농민들이 못 사는 이유를 그들이 무지하고 게으르기 때문이라고 하지만 이는 대단히 위험한 시각이야. 그들은 무지한 농민들을 계몽시키면 농민들이 잘 살 수 있고 사회개혁의 큰 힘이 될 것이라지만 사실은 농민들이 못 사는 이유는 무지몽매와 게으름이 아니고 다른 데 있지 않은가? 토지제도의 왜곡을 바로잡지 않고는 농민들을 잘살게 하는 것은 요원한 일이네."

"내가 요즘 계몽 소설을 쓰고 있는 이유일세. 소설을 읽는 독자들은 대부분 인텔리겐차가 아니겠는가? 농민들에 대한 그들의 의식을 바꾸어야 해."

호치민

헌영은 필경사를 떠나 곧바로 간도(間島), 블라디보스토크를 거쳐 모스크바로 들어갔다. 고려공산당은 헌영이 모스크바를 방문하자 열렬하게 환영했다. 그는 이미 조선공산당을 창당한 조선공산당의 상징적인 대표 격이었기 때문이다. 고려공산당은 그에게 동방노동자공산대학(모스크바공산대학)에서 공부할 기회를 주었고 그곳에서 2년은 헌영의 일생을 결정짓는 고빗사위가 된다.

동방노동자공산대학교는 동유럽과 식민지 지배하에 있던 극동지역의 유망한 청년들이 공부하는 곳이었다. 헌영은 그곳에서 후일 사회주의 국가에서 중요한 역할을 하는 많은 사람을 만났는데, 극동에서 온 청년도 그중 한 명이었다. 바싹 마른 몸매는 유약해 보였고 커다란 눈은 겁먹은 듯 보였다. 하지만 그것은 얼핏 스친 첫인상이었고, 알아갈수록 겁먹은 듯한 얼굴에서는 인자함과 부드러움이 흘렀고 커다란 눈에서는 에너지가 넘쳐났다.

그는 어린 시절부터 외국을 다녀 외국 문물에 밝았으며 나이에 비해 성숙했고, 시련이 닥쳐도 물러서지 않고 참으며 때를 기다릴 줄 아는 인물이었다. 그의 공부 방식은 책을 외우는 데 있지 않았고, 사회주의 사상의 핵심을 파악하려고 애썼으며 사회주의 사상을 독립된 조국에 적용하는 문제에 관심을 기울였다.

"논조가 분명한 혁명 세력보다는 하나로 단결된 혁명 세력이 중요하다."

당시 그가 주장한 말은 후일 참담한 상황에 부닥친 헌영이 스스로 되뇌었던 말이 되었다.

레닌의 저작들은 생동감 있고 논리적이며 전투력이 강해 대부분의 학생이 읽고 자주 토론하는 교재였다. 레닌이 지은 「국가와 혁명」이라는 책을 읽고 그와 밤새 토론한 적이 있다. 그는 자신의 주장에 반론을 제기하는 상대방의 말도 주의 깊게 듣곤 했다.

자신의 주장을 반박하는 상대방의 주장이 옳다는 판단이 서면 그 자리에서 자신의 주장을 군말 없이 철회했고, 확신이 서면 단호하게 실천에 옮겼는데 그것은 그의 크나큰 장점이었다. 온화하면서도 단호하고, 단호하면서도 넓은 그의 성품을 보고 헌영은 그가 타고난 지도자라는 생각을 하곤 했다.

헌영과 그의 토론 끝은 항상 같은 결론이었다. 프롤레타리아 혁명에 의해 국가가 건국되면 그전에 모순된 국가 제도는 전부 뜯어고쳐야 하고 반혁명 계급은 프롤레타리아에 의해 인정사정 봐 주지 말고 혁명화해야 하며 만약 그들이 혁명화되기를 거부한다면 잔인한 폭력을 사용해서라도 프롤레타리아 혁명 정부를 공고히 해야 한다.

그것은 신앙과도 같은 것이었다. 그는 미국 대통령 우드로 윌슨이 민족자결주의를 선언하자, 베트남 독립을 요구하는 청원서를 들고 연합국 지도자들을 직접 찾아갔고, 윌슨에게는 편지를 쓰기도 했는데 이는 후일 학생들 사이에 두고두고 회자했다. 그는 무모할 정도의 추진력과 과감성이 돋보이는 인물이었다.

그는 후일 권력을 통해 어떠한 부귀영화도 누리지 않은 지도자로, 일생을 조국의 운명과 함께한 호찌민이었다.

동방노동자공산대학을 졸업하고 그가 조국으로 돌아가며 헌영에게 한 편의 시를 지어 건넸다.

엄동설한의 초라함이 없다면,
따스한 봄날의 찬란함도 결코 없으리.
불운은 나를 단련시키고,
내 마음을 더욱 굳세게 한다.

모스크바공산대학을 졸업하고 1932년에 상하이로 돌아왔을 때 중국은 국공내전으로 하루도 편할 날이 없었는데, 국민당 장제스가 중국 본토를 점령했고 마오쩌둥은 게릴라전으로 국민당과 대립하고 있었다.

헌영은 소련의 사회주의를 변형한 마오쩌둥의 사회주의를 유심히 지켜보았다. 소련 사회주의는 근로자 대중을 투쟁의 주제세력으로 보았지만, 마오쩌둥은 그것을 농민 속에서 찾고 있었다.

헌영은 마오쩌둥을 중심으로 한 사회주의 세력이 결국 국민당을 몰아내고 거대한 중국에 사회주의 국가를 건설할 것이라는 사실을 확신했다.
　소련과 중국, 두 거대 국가의 혁명 불길은 조선으로 번질 것임을 확신한 헌영은 상하이의 공산당 조직과 접선하며 조선으로 돌아갈 계획을 세우고 있었다.
　상하이 공산당에서는 조선 독립군을 잡기 위해 혈안이 되어 있는 일경들의 동태를 철저히 파악하고 있었다. 조선공산당에서 파악한 바에 따르면 독립군을 잡기 위해 혈안이 된 경찰들은 대부분 조선인이었는데, 이들은 일본 경찰보다 악독했다. 그들의 끄나풀은 조선인과 중국인들이었다. 그들은 지게꾼으로, 상인으로, 전방위로 스며들었는데, 문제는 그들이 조선 독립군을 잡아들이는 것에 별달리 양심의 가책을 느끼지 않는다는 것이었다.
　밀정들은 조선 독립군을 사회 혼란을 야기하는 세력쯤으로 알고 있었다. 독립군을 잡는 것은 자신들의 주머니도 채우고 애국도 하는 일석이조였던 것이다. 그리고 가장 중요한 것은 일본의 조선 지배가 영속될 것으로 그들은 믿고 있었다. 조선청년공산당에 스며든 하판식이라는 자는 상하이에서 밀정으로 활약하다가 후일 일본 경찰까지 되는 인물이다. 조선청년공산당 조직원 중 누구도 그가 일본의 밀정이라는 사실을 알지 못했다. 왜냐하면 그는 조직에서 꽤 중요한 역할을 맡고 있었고, 상하이를 거점으로 한 공산당 청년 조직의 든든한 후원자였기 때문이다.
　밤이 이슥해질 때까지 하판식을 비롯한 청년 동지들과 경성

잠입 문제를 논의했다. 다음 날 정오 무렵 경성으로 잠입하기로 결론을 내고 헌영은 늦게야 몸을 뉘었다.

새벽녘 싸늘한 공기가 코로 밀려들었다. 몸을 움직이지 않은 채 조심스럽게 눈을 떴다. 어둠 속에서 우두커니 내려다보는 괴한들의 모습이 조금씩 선명해졌다.

"눈을 떴으면 일어나시지."

지옥에서 들려오는 목소리였다. 불을 켜지 않고도 그가 누구인지 알 수 있었다. 노덕술이었다. 손이 뒤로 묶인 채 경찰서로 압송되었고 즉시 취조가 시작되었다.

"저번처럼 또 똥을 쳐 먹을래?"

노덕술이 눈빛을 빛내며 뱉은 첫마디였다. 헌영이 광인 행세를 한 것을 두고 이른 말일 것이다. 묵비권으로 버틸 수 없을 것임을 헌영은 이미 깨닫고 있었다. 그는 정면 돌파를 택했다.

"내게 듣고 싶은 이야기가 무엇이오?"

"호오, 이번에는 꽤 협조적으로 나오시는군."

그는 담배 한 개비를 다 태울 때까지 아무런 말을 하지 않은 채 헌영을 내려다보았다.

"딱 두 가지만 묻지. 너의 윗선과 조선 내 공산당 조직 거점만 밝히면 돼."

"좋소. 사실대로 이야기하겠소. 담배 한 개비만 주시오."

"그렇지. 그렇게 가야 서로가 편하지."

안경 너머 눈알을 희번덕거리며 담배를 건넸다. "나는 이제 막 모스크바 공산당 대학에서 2년간 공부를 마치고 돌아오는 길이요."

"모스크바?"

"그렇소."

"그래, 그건 사실로 믿어주지.

네 놈을 눈 씻고 찾았지만 2년간 보이지 않았던 이유였군."

"내 윗선은 모스크바 공산당이요."

"뭐야!! 이 자식이 나를 놀리나!"

"나는 소련 지도자인 레닌도 만났고 소련 공산당 지휘부를 모두 만났소."

"그래서?"

"상하이 고려공산당은 모스크바 공산당의 하부조직으로 나와는 수평적인 관계요."

"그러니까 잡아들이려면 모스크바에 있는 레닌을 잡아들여라, 이건가?"

말속에서 살기가 묻어 나왔다.

"사실입니다."

"좋다. 그렇다 치고 조선 내 공산당 거점은 어디인가?"

"나는 이제 막 조선 내에 공산당을 창당하기 위해 경성으로 들어가려던 참이었소. 아직까지 조선 내에 조직이 없는 형편이요."

"좋다 박헌영!! 그렇다면 일본 경찰에서 아무 죄도 없는 놈을 잡아다가 조사를 하고 있다, 이 말인가?"

"죄가 없지는 않소. 나는 조선으로 들어가 일제에 항거하고 무장 폭동을 일으켜 일제를 패망시키기 위해 조선으로 잠입하려 했소. 무장 폭동을 일으켜 일본을 패망하려 한 죄는 최고 사형으로도 다스릴 수 있는 죄가 아니요?"

"오호, 스스로 수사하고 처벌하고 북 치고 장구 치고 다 하시는군."

노덕술이 안경 너머 눈이 날카롭게 빛났다.

"좋아! 나는 네가 독립운동을 하든 나라를 팔아먹든 관심 없어. 내게 관심사는 오로지 실적이야, 실적!!"

"…"

"네 주둥이로 일본을 패망시키려고 무장 폭동을 일으키려고 자백했으니 조금만 증거를 보강하지."

"…"

"설마 혼자서 무장 폭동을 일으키려 하지는 않았겠지?"

"당연합니다. 소련 고려공산당으로부터 조직과 자금을 지원받아 조선공산당을 창당하여 일본을 전복시키려 했소."

"그러니까 조선 내에는 조직이 아직은 없다?"

"그렇습니다."

"음… 그래? 국가 전복 혐의는 예비·음모죄도 처벌이 가능하지. 좋다! 박헌영, 국가 전복 예비·음모죄로 가자."

결국 헌영은 사회안전법 위반으로 법정에서 6년 형을 선고받았고, 서대문교도소에서 6년을 보내야 했다.

6년간의 형기를 마치고 출소했을 때는 1939년이었고, 삼엄한 일경의 감시하에서도 출소하자마자 경성 콤그룹(Com Group)을 조직했다. 지금껏 3번이나 갇혀 옥고를 치렀고, 더 이상 일경에게 적발되면 사형이 선고될 것이다. 그는 콤그룹 조직원이 운영하는 벽돌 공장에 숨어 지내며 '김성삼'이라는 가명으로 직공 행세를 했다.

1939년 형기를 마치고 해방이 될 때까지 6년 동안 박헌영의 행적은 그다지 알려진 바가 없다. 다만 경성 콤그룹 조직원이 운영하던 벽돌 공장에서 은신하고 있었던 것으로 보이는데, 이 무렵 박헌영의 유일한 아들이 태어났다. 1942년 태어난 그는 박헌영의 조카인 한산 스님의 손에 길러지게 되고, 지금은 평택 만기사의 주지 스님인 원경 스님이다.

해방

1945년 8월 15일 정오, 라디오에서 천황의 목소리가 흘러나오자 일순간 열도는 깊은 적막 속으로 빠져들었다. "짐 깊이 세계 대세와 제국의 현상을 되돌아보고 비상조치로서 시국을 수습하고자 하니 여기에 충량한 너희 신민에게 알린다."로 시작되는 소위 '옥음방송'이 흘러나왔다. 천황의 항복선언은 일본 역사상 미증유의 충격적인 사건이었다. 아연실색, 망연자실, 청천벽력. 그 어떤 단어로도 일본 국민이 느낀 감정을 표현할 수 없을 것이다. 많은 사람들이 길바닥에 무릎을 꿇은 채 눈물을 흘렸고, 열도 애국 청년들은 천황은 할복하라며 일본도로 배를 가르며 죽어갔다. 식량부족으로 영양실조가 만연했고, 알코올 중독, 약물중독, 약탈 폭력 범죄가 급증했으며 천황의 존엄성을 무시하는 발언들이 쏟아졌다. 패전 전에는 상상도 하지 못할 일들이다.

재일 조선인들은 떠도는 유언비어에 관동대지진의 악몽을 떠올려야 했다. 조선인들이 일본 여자들을 강간한다는 소문이 퍼졌고, 특히 이와테현에서는 조선인이 여자를 살해하고 인육을 먹었다는 유언비어가 돌았다. 일본 국민은 조선인들이 폭동을 일으킬 것이라며 공포감이 확산되었는데, 특히 조선인들 밀집 지역에서는 그런 경향이 더욱 강했다. 공포감은 이내 적대감으로 바뀌어 전국 곳곳에서 조선인들을 공격하여 목숨을 빼앗기도 하고, 지방으로 도주해 온 조선인들을 동네에서 받아주지 않았다.

일본인들이 충격적인 패전에 망연자실해 있는 반면, 조선인들이 살고 있는 집 이곳저곳에서는 밤새도록 술을 마시고 노래를 부르고 춤을 추는 등 떠들썩했다. 일부 조선인들은 검정 칠을 한 히노마루를 들고 무리를 지어 달리며 독립, 독립을 외치며 거리를 행진했다.

그런 모습을 일본인들은 이를 갈며 바라보았다.

"빌어먹을 조센징 놈들!! 놈들은 일본의 반을 점령한 것으로 착각하고 있어. 그러니까 히노마루의 반을 검게 칠한 거야."

히노마루의 반을 검게 칠하고 태극기를 들고 질주하는 조선인들을 바라보는 일본인들은 눈물을 흘렸고, 어른들의 증오는 아이들에게도 옮겨가 아이들도 이를 깨물며 눈물을 흘렸다. 자신들의 조국이 그것도 조센징에게 모욕당하는 것은 견딜 수 없는 수모였다. 그들은 미국에 전쟁이 진 것에 대한 분노보다 조센징에게 바보 취급당하는 것을 더 견딜 수 없어 했다. 바보 같은 조센징 놈들이 건방 떠는 것을 보느니 차라리 아이들을 데리고 죽는 편이 낫다고 생각하는 사람들이 많았다.

바로 어제까지 자신들의 지배를 받던 민족이 패전 후 자신들 앞에서 노골적으로 해방을 기뻐하는 모습을 보고 일본인들이

심한 불쾌감과 낭패감을 맛보았을 것임은 틀림없는 사실일 것이다. 하지만 실상은 그렇지 않았다.

일본의 패전은 조선 땅에 있던 사람들에게는 해방과 독립이었지만, 200만 재일 거류 조선인들에게는 조국의 패전이었다. 재일 거류 조선인 중 천황의 항복선언을 들으며 눈물을 흘린 사람들이 많았다. 그것은 기쁨의 눈물이 아니었다.

그들은 이미 30년 넘게 일본에 거주하며 제국주의 정신이 내면화된 사람들이었다. 그중 20대 청년들은 일본에서 태어나고 자란 이들이다. 그들은 대일본제국이 승리해야만 그들이 제국 신민으로 동화될 수 있을 것으로 굳게 믿고 있었다. 패전은 지금까지 힘들게 이루어 놓은 일본 내의 기반을 송두리째 포기해야 하는 것이었다. 그들은 해방이 되어도 조선으로 돌아갈 수 없는 사람들이었다. 강제 징용으로 끌려왔던 20만 명의 징용병들에게 패전은 조선으로 돌아갈 수 있다는 기쁨과 감격이었다.

일본 내지에 기반이 없는 그들로서는 당연히 조선으로 돌아갈 꿈에 부풀었다. 히노마루의 반을 검게 칠하고 태극기를 들고 독립을 외치고 다녔고, 밤새 술을 마시고 춤을 추던 조선인들은 강제 징용으로 끌려온 자들이 대부분이었다.

하지만 일본의 정치가와 매스컴은 재일 조선인 전체를 불법 분자, 소요 분자로 몰아갔고, 그것은 일본인의 뿌리 깊은 차별과 멸시에 기름을 부은 격이었다. 일본 전역에서 죽창에 찔려 죽는 조선인들이 늘어갔고, 하루하루기 불안한 조선인들이 조선으로 향하는 배를 타기 위해 부두를 가득 메웠다.

같은 조선 민족에게도 해방이 갖는 의미는 다르게 다가왔다.

조선공산당 창당

일본열도가 극도의 혼란과 비탄에 빠져 있을 때, 바다 건너 삼천리 강산 곳곳은 함성이 넘쳐났다. 골목골목마다 태극기를 든 사람들이 대로변으로 쏟아져 나와 대한독립 만세를 외쳤다. 생면부지의 사람들이 부둥켜안고 눈물을 흘렸고, 양동이, 주전자 등 소리를 낼 수 있는 것은 전부 가지고 나와 두들기는 사람들이 거리를 메웠다. 오랫동안 억제되었던 분노가 한꺼번에 터져 나온 한반도는 격한 열광의 도가니였다.

감당할 수 없는 기쁨은 곧이어 파괴로 이어졌다. 거리를 가득 메운 사람들은 경찰서와 파출소, 신사를 습격했으며 일장기를 불살랐다. 미처 조선을 빠져나가지 못한 일본인 중 일부는 새끼줄로 목이 묶인 채 거리를 행진했고, 일본인이 거주하는 집은 대낮에 약탈당했다. 아무도 생각지도 못한 해방은 너무도 갑작스러운 것이었고, 갑작스러운 만큼 사람들의 이성을 마비시키고 있었다.

해방이 되있다는 의미… 주목해야 할 부분이 많을 것이다. 하지만 많은 사람들이 주목하고 있던 곳은 정치 공간이었다. 일본에 의해 채워졌던 공간이 일시에 썰물처럼 빠져나가자 공동화된 정치 공간이 만들어졌다. 저마다 자신이 조선을 대표한다며 경쟁적으로 목소리를 쏟아냈고, 무리를 이루어 거리를 행진했다. 거지와 팔푼이 빼고는 너도나도 무주공산 조선을 차지하기 위한 경쟁이 맹렬히 조선 반도로 번져나갔다.

조선 반도 전체가 소요와 악다구니로 들끓으며 저마다 조선을 대표한다는 사람들로 넘쳐나고 있었지만, 박헌영은 모습을 드러내지 않았다. 좌익의 결집체인 박헌영이 모습을 드러내지 않자 박헌영이 죽었다, 일제에 끌려갔다는 온갖 억측이 난무했다. 끝내 박헌영이 모습을 드러내지 않자 좌익 세력들은 서울 종로에 커다란 대자보를 붙이기 시작했다.

"지하에 숨어있는 박헌영 동무여, 어서 나타나서 있는 곳을 알리라. 그리하여 우리의 나갈 길을 지도하라."

오랜 세월 조선공산당 활동을 해왔지만, 일반인들은 박헌영을 잘 알지 못했다. 하지만 종로 거리에 나붙은 대자보의 문구는 자극적이었다. 국민은 도대체 박헌영이 누구냐며 궁금증이 증폭될 무렵, 박헌영이 그 유명한 8월 테제를 발표하며 세상 밖으로 나왔다. 8월 테제에 담긴 내용을 보면 박헌영은 단 한 번에 대중을 휘어잡을 준비를 하며 모습을 드러내지 않았던 것을 추측할 수 있다.

8월 테제에서 박헌영은,

"우리의 완전 독립을 위하여 싸우고 있는 근로자 대중이여! 형제자매들이여! 동포여! 조선공산당의 이름으로 여러분에게 열정에 넘치는 인사를 드립니다. 오늘 짧은 시간을 이용하여 조선공산당의 주장이 무엇인가를 간단히 말씀드리고자 합니다. 아시는 바와 마찬가지로 우리 당은 노동자, 농민, 도시 소시민과 지식인 및 일반 근로자 대중의 이익을 대표하는 정당입니다. 일본 제국주의 통치의 백색 테러 밑에서 우리는 민족의 독립과 토지문제의 해결을 위하여 근로대중의 생활개선과 언론 집회의 자유를 위한 반제국주의와 반봉건적 민족 해방 투쟁을 부단히 전개하였는데, 그것은 조선에 있어서 민주주의적 자유와 발전을 위한 투쟁입니다. 이러한 민주주의를 위한 투쟁의 목적은 금일에도 더욱 완강히 계속하고 있는 것으로, 그것은 형식에만 그칠 것이 아니라 내용을 갖춘 진정한 의미의 민주주의의 실현에 있습니다. 우리는 독립의 실현이 완성됨에 있어 우리 조선 민족이 무엇을 얻었는가, 우리 민족 생활에 어떠한 변화가 생기는가? 물론 변화가 생겼습니다. 그러나 그 변화는 형식에만 그칠 것이 아니요, 그 생활 내용까지 향상된 질적 개혁이 있어서 비로소 우리는 완전한 해방을 얻는 것이 되는 것이요, 반세기를 두고 싸워오던 우리 독립의 가치가 효과적으로 나타나는 것입니다. 아무리 독립이 되었다고 해도 우리 민족 전체 생활 분야, 즉 경제적, 정치적, 사회적, 문화적, 정신적 각 방면에 있어서 하등의 질적으로 개선이 없이 종전과 같은 구 사회 제도와 그 전통적 간섭을 그대로 넘겨 맡아 가지고 나간다면 우리는 굶주리고 이름뿐이고 아무것도 개선과 자유와 진보가 없을 것입니다. 이러한 의미에서 우리는 독립이란 두 글자만 형식적으로 확보함에 만족할 것이 아니고 독립의 달성으로서 조선의 완전한 자유와 진보를 얻어 우리 민족이 잘살고 보다 행복을 누릴 수 있는 민주주의 사회를 건설하고자 하는 것입니다. 우리가 현 단계에 있어서 요구하는 민주주의는 구체적으로 무엇을 의미하는가? 그것은 조선 민족의 완전 독립, 토지개혁, 언론·집회·결사·신앙의 자유, 남녀동등의 선거·피선거권의 확보, 8시간 노동제 실시, 국민 개로에 의한 민족 생활의 안정, 특히 근로대중 생활의 급진적 향상 등등의 기본적 문제를 해결한 구체적 내용을 가진 실질적인 민주주의 실현에 있습니다."
라고 역설했다.

조선 민족의 완전 독립, 토지개혁, 언론·집회·결사·신앙의 자유, 남녀동등의 선거·피선거권의 확보, 8시간 노동제 실시, 국민 개로에 의한 민족 생활의 안정 등 그가 8월 테제에서 밝힌 내용을 보면 70여 년 전 기준으로 실로 경이로운 주장이었다. 현시대 진보를 자처하는 사람들과 비교해도 뒤떨어지지 않는 실로 탁월한 식견이었다.

8월 테제를 발표하고 서울 계동에서 개최된 공산당 열성자 대회는 박헌영이 일반 대중에 첫선을 보이는 대회였다. 대회 열기는 용광로처럼 뜨거웠다. 참석자들은 박헌영이 단상에 오르기도 전에 박헌영을 연호하였고, 박헌영이 단상에 오르자 대회장이 떠나갈 듯한 함성이 울려 퍼졌다. 두 손을 흔들며 무대 중앙으로 걸어가 연단에 선 박헌영은 자신감으로 가득 찬 얼굴로 두 주먹을 불끈 쥔 채 첫마디를 외쳤다.

"조선 인민 공화국 만드느라 동지들 만나기가 늦었습니다! 나는 이미 조선공산당 재건에 착수했고 그 작업은 전적으로 여러분들과 함께 할 것입니다!"

자신감으로 가득 찬 인사말에 대중들은 열렬히 환호하며 박헌영을 외쳤다. 박헌영이 조선공산당이 나아갈 방향과 비전을 제시하는 연설을 마치고 큰 소리로 대중들에게 물었고, 대중들은 답했다.

"누가 조선의 독립을 이루었는가?"

"프롤레타리아!!"

"누가 조선을 이끌어 갈 것인가?"

"프롤레타리아!!"

"누가 조선 인민들을 잘살게 해줄 것인가?"

"프롤레타리아!!"

군중들의 함성에 고무된 박헌영이 두 주먹을 불끈 쥐며 또다시 외쳤다.

"나 박헌영은 조선의 프롤레타리아다. 조선의 프롤레타리아는 곧, 나 박헌영이다. 조선공산당 만세!!"

"만세!! 만세!! 만세!!"

열광적인 군중들의 환호에 박헌영은 극동피압박내회의 열기를 떠올렸다. 그 열기에 더했으면 더했지, 못지않았다. 고무된 박헌영은 또다시 주먹을 불끈 쥐며 외쳤다.

"나는 조선의 독립에 목숨을 바쳐왔고 진정한 자유 국가인 조선을 위해 이 한 몸 바칠 각오가 되어있다. 여러분은 어떤가?"

"동참한다!!"

"나와 함께 위대한 인민민주주의를 실현할 각오는 되어있는가?"

"우리는 박헌영 동지를 결사의 정신으로 보위한다. 박헌영 동지 만세!!"

대회장의 열기를 주체할 수 없던 참석자들은 조선공산당 만세라는 플래카드를 앞세우고 종로에서 서울역까지 가두시위를 벌였다. 박헌영이 조선 최대 정당의 당 중앙으로 우뚝 서는 역사적인 순간이었다. 모든 좌익 세력은 신속하게 박헌영을 중심으로 결집하기 시작했고, 해방 3개월 만에 조선공산당이 공개적으로 창당되었다.

박헌영이 대중들에게 모습을 드러내어 자신감 있는 인사를 전하는 그 시각, 소련 군함 한 척이 원산항 앞바다에 조용히 들어와 닻을 내렸다. 그 배에는 빨치산 출신 조선인들과 김일성이 타고 있었지만, 극비사항이었다. 평양 주둔 25군 사령부는 크렘린의 밀명으로 원산과 평양에서 김일성을 맞을 만반의 준비를 해두었다. 김일성이 묵을 숙소와 평양으로 들어가며 타고 갈 열차, 평양의 주택, 경호원 등도 준비가 되었다. 소련 군복에 대위 계급장을 단 김일성이 평양으로 들어왔다.

평양으로 들어온 김일성이 가장 먼저 찾아간 곳은 평양 주둔 25군 정치 사령관 레베데프 소장이었다.

"장군님!! 제88 정찰여단 대대장 대위 김일성입니다."

절도 있는 경례를 올리는 김일성은 상당히 유능하고 박력 있는 사람처럼 보였다. 얼굴도 매우 쾌활하여 인상적이었다. 하지만 입은 옷을 바라보던 레베데프의 인상이 찌푸려졌다.

"김 동지, 지금 즉시 소련 군복을 벗고 계급장을 떼시오."

김일성은 영문을 몰라 어리둥절했다.

"인민들에게 거부감을 줄 수 있소."

"알겠습니다!!"

인사를 마치고 레베데프 소장이 권하는 의자에 앉은 김일성이 장군에게 건의 사항이 있다고 했다.

"건의 사항이 뭐요?"

"장군님, 제가 북조선으로 들어온 목적은 정당이나 사회단체에 침투해서 공산주의 사상을 전파하는 것입니다. 그러려면 북조선에 공산당을 조직해야 하는데 도와주십시오."

"나는 당신이 안주 동부 지방에서 빨치산 항일투쟁을 한 사실을 알고 있소. 북조선에 공산주의를 실천하겠다니 옳은 일이요. 하지만 조선에는 이미 공산당이 있소. 서울에 조선공산당 박헌영이 있고, 북조선 함흥에 오기섭의 공산당이 있소. 그 문제는 추후 모스크바 소련 공산당과 협의해서 처리할 문제요."

별 두 개의 장군 앞에서도 대위 계급장을 난 김일성은 거리낌이 없었다. 면담을 끝내고 김일성이 레베데프 장군에게 타고 다닐 자동차가 없다며 자동차를 한 대 제공해 달라고 건의했다. 장군은 즉시 부관에게 명령하여 일본 관리가 타고 다니던 자동차를 지급했고, 그 시간 이후로 김일성 주변은 제1 극동 전선 제7호 정치국 장교들이 에워싸고 신변을 보호했다.

김일성이 돌아가고 레베데프 장군은 정치장교들을 모아 회의를 했다. 회의 내용은 김일성을 항일 빨치산 투쟁 민족 영웅으로 부상시키는 방안이었다. 평양 공설 운동장에서 열린 소련군 환영대회는 김일성이 북조선 인민들에게 처음으로 모습을 드러내는 대회였다. 북한에서는 김일성 장군 환영대회라고 주장하지만, 당시 김성주는 북한 대중에게 알려지지 않은 소련군 대위에 불과한 인물이었다.

그 대회는 조만식이 이끄는 평남 인민위원회가 주관했지만, 실질적으로 처음부터 끝까지 소련 군정 사령부가 기획하고 연출한 대회였다. 역사상 유례가 없는 6만여 명의 군중이 모인 대회에서 조만식의 연설이 끝나고 김일성의 연설이 시작되자, 군중 속에서 "가짜 김일성이다!!"라는 고함이 터져 나왔다. 군중들이 웅성거리기 시작했지만 김일성은 꿋꿋하게 연설을 끝마쳤다.

북조선 인민들 사이에서 김일성이 가짜라는 소문이 돌기 시작하자, 레베데프 장군은 특단의 조치를 내려야 했다. 사실 레베데프 장군은 김일성의 진짜 이름이 김성주이며 항일 빨치산 투쟁 민족 영웅 김일성 장군이 아니라는 사실을 알고 있었다. 하지만 김성주에게 진짜 김일성 장군의 상징을 덧씌울 필요가 있었다. 가짜 김일성이라는 논란을 잠재우기 위해 김일성의 출생지인 만경대를 방문하여 가족, 친지 등을 공개하고 이를 신문과 방송에 대대적으로 보도함으로써 논란을 가라앉히었다. 평양 군중대회마다 마르크스와 레닌, 스탈린의 초상화와 함께 새파란 젊은이의 초상화가 나란히 붙기 시작했다. 소련군 제88 정찰여단 대대장 대위 김성주였다.

김일성과의 회동

조선공산당은 남과 북을 통틀어 최대의 정당으로 급속하게 세력을 팽창하고 있었지만, 샤브신을 마주한 박헌영의 얼굴은 어두웠다. 샤브신은 서울 주재 소련 총영사관 부총영사였지만, 사실은 소련 정보기관 소속의 중좌였다. 그는 조선공산당 당 중앙인 박헌영과 거의 매일 저녁 만나 미군정과 이승만, 김구 등 우익진영의 동태를 논의했다.

 샤브신이 꺼낸 말은 박헌영이 우려하고 있던 내용이었다.
 "북조선이 정세가 심상치 않게 돌아가고 있습니다."
 "…"
 샤브신이 하는 말의 의미를 모를 리 없는 박헌영은 대꾸하지 않은 채 가늘게 고개를 끄덕일 뿐이었다.
 "25군 사령부 레베데프 장군이 김일성을 인민의 영웅으로 띄우는 작업을 하고 있습니다."
 박헌영이 고개를 끄덕이며 답답하다는 표정으로 물었다.
 "조만식 선생이 지도자로 손색이 없는 분인데 31살 애송이를 띄우는 이유를 모르겠소?"

"조만식은 들러리일 뿐이고 모든 대회와 행사의 초점은 김일성입니다."

"음… 그렇다면 모스크바의 뜻이라는 건데…"

"얼마 전 모스크바에서 북조선인민위원회 구성을 위한 적임자를 물색해서 보고하라는 지시를 받은 적이 있습니다."

"그런 일이 있었소?"

"조만식, 여운형, 김일성, 허가이 등이 후보로 올라갔으며 박 비서도 올라간 것으로 알고 있습니다."

"결국 모스크바에서는 김일성을 밀어 주기로 결론이 난 모양이지만 연륜도 없는 자가 북조선을 장악할 실권자가 되는 게 쉽겠소?"

"그렇습니다. 아마 모스크바에서도 김일성의 능력을 시험해 보고 있는 것일 뿐 아직까지는 북조선의 실권자로 인정한 것은 아닌 것으로 알고 있습니다."

북조선을 이끌어갈 인물은 조만식과 여운형을 비롯해 쟁쟁한 인물들이 많았다. 그런 인물들을 제치고 한낱 풋내기에 불과한 김일성을 소련 군정이 밀고 있는 이유를 알 수 없었다.

38선 이남과 이북을 미군정과 소련 군정이 임시 통치하고 있지만, 결국에는 조선공산당이 중심이 된 통일 정부가 들어서야 한다. 그러기 위해서는 남과 북 지도자들의 인식 통일을 이룰 필요성이 있었다. 박헌영은 여운형과 조만식 등 38선 이북의 주요 인사들과 물밑 접촉을 하고 있었지만, 이제 이들보다는 김일성에게 집중할 필요성이 있었다. 그러던 중 소련군 환영대회를 마치고 얼마 되지 않아 김일성이 은밀하게 사람을 보내 비밀 회동을 제의했다.

남과 북을 통틀어 최대 정당의 지도자로 우뚝 선 박헌영과의 회담은 그에게도 시급한 사안이었다. 일개 소련군 대위에 불과했던 김일성이 조선공산당 당 중앙인 박헌영에게 비밀 회동을 제의하는 것은 격에 맞지 않는 일이었지만, 북조선의 실력자로 급부상한 그의 회동 제의를 무시할 수 없는 노릇이었다. 북조선의 동향과 소련 군정의 의도를 확인할 필요가 있는 박헌영은 그의 회동 제의를 수락했다.

비밀 회동 장소는 남과 북의 중간 지점이었다. 느지막한 점심을 먹고 서울을 출발한 헌영의 차량이 개성 북방의 소련군 38경비사령부 정문으로 들어갔다. 38경비사령부 회의장에서 김일성과 로마넨코 민정 사령관이 박헌영 일행을 맞이했다. 김일성이 박헌영과 악수를 나누고 박헌영을 추켜세우며 그들의 대화는 시작되었다.

"8월 테제에 대한 동지의 식견은 실로 탁월했습니다."

"고맙소이다."

회의의 주제는 당시의 정세, 공산당의 정치노선, 조직 노선 등 세 가지였다. 회의는 마치 준비된 각본이 있는 듯 김일성이 주도했다.

"소련 군대가 사회주의 공산당의 군대인 데 반해 미국 군대는 자본주의 군대 아닙니까? 2차 세계대전에서 소련군과 미군이 연합전선을 폈지만 성격은 근본적으로 다르지 않겠습니까?

조선을 해방하는 데 역할만 보더라도 미군은 총 한 번 쏘지 않고 남한에 진주해 있지 않소?"

김일성의 발언을 듣고 있는 박헌영의 안색이 조금씩 변해갔다. 철부지 어린아이로 치부했던 김일성은 달변가였고 배짱이 두둑해 보였다. 그의 주장은 이남과 이북의 공산주의 운동의 조건이 다르다는 것으로, 그 이면에는 북측에서 조선공산당을 주도해야 한다는 의미가 숨어있는 것이었다. 김일성의 의도를 간파한 박헌영이 반대 의사를 분명히 했다.

"내 견해는 다르오. 미국과 소련은 2차 대전을 함께한 연합국이고 같은 진보적인 국가라는 게 내 견해요."

"남과 북의 공산주의자들이 공동 보조를 맞추어야 하는 것은 분명한 사실입니다. 하지만 미군과 소련군이 주둔해 있는 현실에서 당 활동은 지역적 특성을 반영해야 하지 않겠소? 이북에서는 소련이 공산당을 적극 지지하고 있지만 이남에서는 미국이 공산당을 탄압하고 있지 않습니까?"

일국일당, 공산당은 한 나라에 두 개가 존재할 수 없으며, 오로지 한 나라에 한 개의 공산당만이 존재할 뿐이다. 이미 박헌영이 남한에 조선공산당을 창당한 마당에 북조선에 공산당을 창당할 수는 없었다. 김일성은 북조선에 조선공산당 중앙위를 설치하는 방안을, 박헌영은 북측에 조선공산당 분국을 설치하는 방안을 두고 팽팽한 줄다리기를 하는 것이었다.

사상이나 조직에 관한 토론이었냐면 김일성은 박헌영의 적수가 될 수 없었을 것이다. 박헌영은 조선의 레닌이라는 평가를 빌을 정도로 공산주의 이론가이자 조직가였다. 하지만 지금은 소련 군정의 지지를 받고는 김일성의 실질적인 힘이 중요한 문제였다.

회의는 김일성이 쥐락펴락했다. 김일성의 주장에 대안을 제시할 수 없는 박헌영의 답변은 원론적일 수밖에 없었다.

"조선공산당 중앙위원회와 그 분국은 조직 성격상 정치노선이나 조직 노선이 같아야 하는 것은 당연하지 않겠습니까?"

"박 동지가 제기한 8월 테제의 기본 정신에 입각하는 것은 좋으나 정세와 지역적 특성을 고려하지 않는 정치노선, 조직 노선은 실패할 게 틀림없습니다."

김일성이 박헌영의 주장에 쐐기를 박자 박헌영은 당혹감을 감추지 못했다. 김일성의 열정적이고도 치밀하게 계산된 발언이 불을 뿜듯이 뿜어져 나왔고, 회의의 주도권은 이미 김일성에게로 넘어가고 말았다.

김일성은 회의의 결론에 못을 박으려 했다.

"이북 5개 도를 이끌어갈 북조선식 공산당 중앙조직을 가지는 것이 현 정세로 보아 타당하니 박 동지께서도 협조해 주시오."

김일성이 일방적으로 통보할 정도로 박헌영은 수세에 몰리고 있었다. 하지만 그 역시 주장을 굽히지 않았다.

"공산당은 일국일당이 원칙입니다."

"선생, 내가 지금까지 이야기한 것을 이해하지 못하였소?"

김일성의 질책성 말투에 헌영의 얼굴이 찌푸려졌지만, 한발 물러설 수밖에 없었다.

"좋소. 정 그렇다면 소련 공산당 중앙위원회처럼 서울의 조선 공산당 중앙위원회에 북부 지도국을 만드는 것으로 합시다. 그렇게 되면 김일성 동지가 서울로 와서 당 비서 겸 북부 지도국장을 하면서 이북 5도당을 지도하면 되지 않겠소?"

헌영의 제안은 소련 공산당 중앙위원회에 러시아 중앙국, 우크라이나 중앙국 등 중앙국을 따로 두어 지방 공산당 조직을 지도한 데 따른 착안이었다. 회의장이 술렁거렸고 김일성이 큰 소리로 웃었다. 웃음을 멈춘 김일성의 눈매가 날카로웠다.

"선생, 소련은 영토가 광대하고 다민족국가이기 때문에 그런 제도를 둔 것이오. 조선의 실정과 많이 다르오."

다른 참석자들도 서로의 입장에 따라 김일성과 박헌영의 주장에 갑론을박이 계속되며 회의장이 소란스러웠다. 깊은 생각에 잠겨있던 박헌영이 로마넨코 민정 사령관을 바라보며 물었다.

"사령관 동지의 생각은 어떻소?"

로마넨코는 주저 없이 헌영의 질문에 대답했다.

"나는 김일성 동지의 생각에 전적으로 동조하는 바이오."

로마넨코와 김일성은 회의 주제에 대해 사전에 치밀하게 각본을 짠 것이 틀림없었다. 그렇다면 로마넨코와 김일성의 의견은 모스크바 고위층의 입장이다. 모스크바의 입장을 확인한 헌영은 결국 김일성이 의도한 대로 8월 테제를 참고로 이북의 정세에 맞게 정치노선, 조직 노선이 결정되어야 한다는 데 합의할 수밖에 없었다.

헌영은 김일성보다 13살이 많았고 조선공산당 당 중앙인 데 반해 31살의 김일성은 38선 북쪽 조선공산당 분국의 책임자일 뿐이었다. 하지만 소련 군정을 등에 업은 김일성에게는 실질적인 힘이 있었다. 당시 김일성과 헌영 간에 합의한 내용은 한반도 역사의 물줄기를 바꾸는 사건이었고, 헌영 개인의 운명이 결정된 중요한 사건이었다. 결국 공산당 중앙이 1946년 10월에 이르러 이북으로 옮겨지게 되었는데, 이는 소련과 김일성이 사전에 치밀하게 짠 각본에 의한 것이었다.

현엘레사

김일성과 비밀 접촉을 갖고 2개월이 흐를 무렵, 놀랄 만한 방문객을 맞았다. 쌀쌀한 바람이 거리에 낙엽들을 이리저리 몰고 다니는 스산한 초겨울 무렵이었지만, 조개탄을 피운 난로가 벌겋게 달아 내부는 따뜻했다. 문을 열고 들어온 사람은 현엘리스였다. 세월이 지났지만 그녀의 미모는 여전했고, 경성에서 보기 드문 차림새였다.

"오랜만이군요."

활달한 성격답게 그녀가 먼저 다가와 손을 내밀었다.

"아니!! 어떻게 연락도 없이."

놀란 표정으로 얼떨결에 손을 내밀어 악수했지만, 얼이 빠진 표정으로 바라보며 벌린 입을 다물지 못했다.

"아직 혼자 사세요?"

"…"

질문에 대한 답변은 하지 않고 엉뚱한 질문을 했다.

"조선에는 어인 일로…?"

"광복된 조국을 한번 보고 싶었어요."

"오! 그렇구려. 그래 가족들과 함께 들어온 거요?"
"아니요, 저 혼자 들어왔어요."
"그러면 숙소는…?"
"계동 쪽에 조그마한 한옥을 얻어 놓았습니다. 기회가 되면 식사라도 대접하고 싶은데…"
"좋소이다. 언제든지 기회를 주시오."

 현엘리사가 사는 집은 네모반듯한 자그마한 한옥이었다. 그곳에서 저녁을 한 번 먹은 것을 계기로 방문 횟수가 잦아졌다.
 그녀를 만난 지 3개월가량이 흘렀을 무렵, 조직부장 양건이 어두운 표정으로 집무실을 찾았다.
 "총비서 각하! 미군정에서 우리 당 활동을 손바닥 보듯 꿰고 있습니다."
 "미군정에서!!"
 "그렇습니다. 대외비로 분류되는 총비서 각하의 동정과 최고위원회의 내용이 실시간으로 미군정에 전달되고 있습니다."
 하얗게 질린 안색을 가늘게 떨며 조직부장에게 물었다.
 "지금 현엘리스를 의심하고 있는 거요?"
 조직부장 양건의 답변이 조심스러웠다.
 "그녀가 당을 들락거리고부터 우리 당의 정보가 미군정에 흘러 들어가기 시작했습니다."
 "…"
 침묵을 지키던 헌영이 조직부장에게 나직이 일렀다.

"일단 모르는 척하시오."

"모른 척하라니요?"

"그녀가 미군정의 스파이인지 알 수 없지만 만약 사실이라면 이중 스파이로 쓸 수 있는 여지가 있으니 일단은 내 지시를 따르시오."

"예, 알겠습니다."

조직부장이 나가고 헌영은 깊은 생각에 잠겼다. 젊은 시절 그토록 사랑했던 여인이 오랜 시간이 흘러 자신 앞에 나타났을 때 헌영은 그녀와 사랑을 예감했다. 주변의 시선을 의식한 그들의 만남은 조심스럽게 이루어졌지만, 결국 그녀의 집에서 동거하기에 이른다. 진심으로 그녀를 사랑했고, 자신에 대한 그녀의 사랑에 의문을 품은 적이 없다. 그녀의 정체에 간혹 의문이 들기도 했지만, 진실한 사랑 앞에 의문은 곧 의문으로 끝나고 말곤 했다. 만약 그녀가 미군정의 스파이인 것이 사실이라면 역으로 이용할 여지도 있었다. 그렇게만 된다면 이는 크나큰 정치 역량이 될 것이다.

공산당사를 떠난 헌영이 현엘리스의 집에 도착하자 그녀는 이미 저녁상을 준비하고 있었다. 헌영은 아무런 티도 내지 않고 밥상을 사이에 두고 마주 앉았다.

"지금은 내 인생, 아니 조선의 운명이 결정되는 중요한 시기요."

"저의 짧은 정치 시견으로는 무엇이 중요한 것인지 알지 못하겠어요."

"조선이 해방되었다고 하지만 일본 잔재 세력이 조선을 또다시 자신들만의 나라로 만들려고 발버둥을 치고 있소. 친일 잔재 세력을 뿌리째 뽑지 않고서는 조선의 자유해방은 완성되지 못하는 것이요. 그런데 미군정의 지원을 받는 이승만이라는 자는 대동단결을 외치며 친일파든 반민족행위자든 가리지 않고 자신의 우산 속으로 집결시키고 있소."

"저는 미국에서 오랫동안 살아서 조선의 실정은 알지 못합니다."

"내가 지금 하는 말은 조선의 현 정세이니 잘 새겨들으시오. 그리고 이북에서는 소련의 비호를 받아 김일성이라는 자가 조선공산당 분국 총비서로 북조선을 실질적으로 통치하고 있소. 지금 내가 조선공산당 당 중앙이지만 분국 총비서인 김일성에 비해 현실적으로 힘이 많이 달리는 게 사실이요. 이러한 열세를 만회하기 위해서는 남조선은 조선공산당이 주도가 된 정부를 구성해야 하오. 그래야만 남북한의 통일을 이룰 수 있는 것이요."

"…"

현엘리사는 헌영의 말을 조용히 듣고 있었다.

"지체하고 기다릴 시간이 없소. 당신이 나를 도와줄 수 있겠소?"

"…무슨 말씀이신지…?"

"조선공산당은 합법적인 남조선 제1당이요. 아무리 미군정이라고 할지라도 합법적인 제1당을 와해시키지는 못할 것이요. 다만 그들은 와해시킬 구실을 만들고 있을 것이요. 그 구실이 뭔지 내게 알려줄 수 있겠소?"

현엘리사의 얼굴이 붉어지며 머리를 아래로 떨어뜨렸다.

"…"

"다만 미군정이 당신을 의심하지 않도록 지금까지 행동해 온 그대로 행동하시오. 내 요구에 대한 당신의 답변은 필요 없소. 다만 힘들게 독립된 조국이 두 개의 국가로 쪼개지는 불행을 막았으면 하는 게 나의 마지막 소원이요. 나를 위해서가 아니고 조선을 위해서 나를 도와주시오."

"…"

언더우드

연희전문학교 교장이자 선교사인 언더우드가 현엘리사를 은밀히 소환했다. 언더우드는 외형상으로는 선교사와 연희전문학교 교장이지만 사실은 미군정의 고위급 정보요원이었다. 미군정에 현엘리스를 추천한 이가 바로 언더우드였다. 현엘리스가 교장실로 들어서자 언더우드의 표정이 밝아 보이지 않았다.

"미세스 현 방첩대에서 이상한 소리가 들리던데요?"

"…무슨 말씀이신지?"

그들의 대화는 영어로 이루어졌다.

"미군정 첩보가 조선공산당 쪽에 흘러 들어가고 있다는 정보입니다."

현엘리스는 침착한 표정을 잃지 않았다.

"저는 최선을 다해 맡은 임무를 수행하고 있습니다."

"문제는 말이요 새어나가는 정보가 다른 요원들이 접할 수 없는 고급 정보란 게 문제요."

"저를 의심하시는 건가요?"

"미세스 현은 조선인 정보원 중 고급 정보를 접하고 있는 유일한 조선인 아니요?"

안경 너머 두 눈이 날카롭게 빛났다.

"제가 알기로는 미군정 내에 조선공산당 쪽에서 심어놓은 세포가 많이 있는 것으로 알고 있습니다."

언더우드는 깜짝 놀라는 표정을 지었다.

"공산당이 심어놓은 세포가?"

"예, 그런 것으로 알고 있습니다."

"미군정 내에… 공산당 세포가?"

"…"

"그 세포들을 밝힐 수 있소?"

"지금 저는 그 관계를 파악하는 중입니다."

"좋소…일단은 상부에 그렇게 보고하겠지만 미세스 현도 처신에 신중을 기해야 할 것입니다. 조선공산당 박헌영과 너무 밀착되어 있다고 보는 게 상부의 시각이요."

"처신을 신중히 하도록 하겠습니다."

정판사 사건

김일성으로부터 온 전문의 내용은 불쾌한 것이었다. 헌영은 몇 번이나 전문을 읽어보고 있었다. 전문의 내용은 미군정이 조선공산당을 말살하려는 책동이 격화되고 있으니 조속한 시일 내에 당 중앙을 평양으로 옮기라는 요구였다.

 최근 들어 미군정의 조선공산당에 대한 탄압이 심해지고 있는 것은 사실이었다. 하지만 합법적인 정당을 아무리 미군정이라 해도 어쩌지는 못할 것이다. 만약 김일성의 요구를 받아들여 조선공산당 중앙을 평양으로 옮긴다면 김일성의 휘하로 들어가는 꼴이다. 그렇게 되면 소련 군정과 미군정이 통치하는 남과 북은 두 개의 국가로 갈라질 위험성이 있었다. 조선에 통일된 국가가 들어서기 위해서는 조선공산당을 중심으로 정부가 수립되어야 한다.

 급하게 사무실로 들어선 현엘리사가 자리에 앉자마자 다급하게 말을 쏟아냈다.

 "미군정에서 당신을 체포하려고 합니다."

"왜 나를 체포한단 말이오?"

"혹시 노덕술이라고 아십니까?"

"노덕술? …글쎄요."

"일제 때 당신을 체포하여 15년을 살게 한 조선인 경찰이라고 하던데요."

"아! 그놈 이름이 노덕술이오?"

"예. 친일 경찰로 악명을 떨치던 놈이 해방되어 수도경찰청 수사과장으로 근무하고 있다고 합니다."

"아니 그토록 악질 반민족행위자가 수도경찰청 수사과장으로 근무하고 있단 말인가?"

"그놈은 미군정 스파이입니다."

"미군정 스파이?"

"그렇습니다."

"그놈이 나에게 무슨 위해를 가한단 말이오."

"미군정이 조선공산당을 와해시키려 하는 사실을 알고 있습니까?"

"합법적인 절차로 만들어진 당이고 조선 최고의 1당을 그들이 와해시킨다고 될 것 같소?"

"아닙니다. 그들은 사건을 조작하여 조선공산당을 와해시키고 당의 수뇌부를 체포하려고 계획하고 있습니다."

"뭘 조작한단 말이오?"

"제가 수집한 정보에 의하면 조선공산당 재정부장 이관술을 어제 몰래 체포하여 조사하고 있는 것으로 알고 있습니다."

"재정부장 이관술을…?"

"예."

"어디에서 조사하고 있는 게요?"

"수도경찰청입니다."

"그래 무슨 혐의를 뒤집어씌운다고 합디까?"

"거기까지는…"

이관술은 일본을 유학한 엘리트이고 고등학교 교사를 하다가 조선공산당에 입당했다. 그는 일제에 체포되어 박헌영의 거처를 대라며 무서운 고문을 당하면서도 박헌영의 거처를 대지 않은 인물이다. 고문을 견디지 못할 지경에서 그는 혀를 깨물어 각혈하듯 피를 토하며 끝내 박헌영의 거처를 대지 않았다.

조선공산당 재정부장은 당의 재정을 총괄하고 당의 모든 비밀을 알고 있는 박헌영의 최측근이다. 수도경찰청에서 그를 체포하여 조사한다는 의미는 당 중앙인 자신을 겨냥하고 있는 것이 틀림없는 사실이었다.

박헌영은 즉시 은밀한 곳으로 거처를 옮겼고 당 중앙위원들이 그곳으로 모여들었다.

수도경찰청 깊숙한 지하에 네 명의 형사들에게 한 사내가 둘러싸여 있다. 사내의 낯빛이 유난히 검었지만 이지적이고 강직함으로 얼굴은 빛나고 있었다. 형사들에게 둘러싸인 사내는 물장수라는 별명을 가진 이관술이었다. 노덕술이 음흉한 웃음을 지으며 이관술을 바라보았다.

"당신과 악연의 끝이 어딘지 궁금하군."

독립운동을 하며 세 차례나 노덕술에게 잡힌 적이 있는 이관술이 몸을 부르르 떨었다.

"나한테 조사받은 놈 중에 전향하지 않은 놈이 없었는데 당신만은 예외였지."

"…"

"세간에서는 당신을 고문 강자라고 부른다는데 이번 기회에 그 별명을 내려놓아야 할 것 같아…"

노덕술이 꺼내 든 것은 1만 원권 지폐 두 장이었다. 1만 원권 지폐 두 장을 이관술의 면전에 펄럭이며 물었다.

"이 지폐 본 적 있나?"

"지금 처음 보는 것이오."

"당신은 조선공산당 재정부장 아닌가?"

"맞소."

"언제부터 재정부장을 했는가?"

"1년 됐소."

"정판사는 조선공산당 산하 출판사가 맞는가?"

"그렇소."

"정판사의 최종 책임자는 누구인가?"

"조선공산당 최종 책임은 당 중앙에 있소이다."

"음, 당 중앙이라면…"

"…"

"박헌영을 말하는가?"

"그건 온 세상이 아는 사실 아니오?"

"1만 원권 지폐를 위조한 이유가 무엇인가?"

이관술이 벌떡 일어서며 소리를 질렀다.

"뭐라고? 1만 원권을 위조해?"

"이후부터는 내 앞에서 소리 지르지 말라."

노덕술의 얼굴이 하얗게 변하며 싸늘한 웃음을 띠었다.

"조선공산당은 조선의 대표적인 정당이오."

"조선 최고의 정당이 돈이나 위조해서 되겠는가?"

"이것 보시오. 조선공산당이 뭐가 아쉬워 1만 원권 두 매를 위조하겠소?"

"적발된 것만 두 매겠지…"

지폐 두 장을 흔들며 비아냥거렸다.

"위조지폐 문제는 조선공산당과 아무 관련이 없소."

"그렇다면 누군가 누명을 씌우고 있다는 건가?"

돈을 위조하는 행위는 중범죄로 다스릴 수 있는 죄로, 만약 조선공산당이 실제로 지폐를 위조한 것이 사실이라면 당의 존립과도 직결되는 중차대한 문제였다. 하지만 노덕술이 제시하는 두 장의 지폐는 정판사에서 인쇄했다는 증거가 없다. 두 장의 지폐는 어느 인쇄소에서도 만들 수 있는 조잡한 것이었다.

"이것 보시오. 당신은 일제 때는 일제에 붙고 미군정이 들어서자 이제 미국에 붙어서 반민족행위를 하고 있소. 조선공산당은 일제에 맞서 독립투쟁을 했고 해방된 정국에서는 하나 된 조선민족이 주인이 되는 국가를 건설하기 위해 투쟁하고 있는 애국

세력이오."

노덕술이 하얗게 질리더니 분노를 참을 수 없다는 듯 아래, 위 턱을 달달 떨었다.

"개자식이!"

커다란 손바닥이 이관술의 뺨에 떨어졌다.

"뚫린 주둥이라고 나오는 대로 주절거리면 안 되지. 내가 일제 때 경찰을 한 이유는 너 같은 빨갱이와 사회를 혼란스럽게 하는 무장 폭도들을 잡기 위한 것이었어. 그것은 대다수 선량한 조선인들을 보호하기 위한 것이었다고!"

노덕술이 얼굴이 벌겋게 달아 책상을 치며 소리를 질렀다.

"그렇게 마음 편하게 생각하시오."

이관술이 비아냥대자, 노덕술이 책상에서 뭔가를 꺼내 들었다.

"야, 고문 강자."

"…"

"이번에도 한번 버텨 봐."

노덕술의 손에 들려 있는 것은 커다란 주사기였다.

"팔뚝 내놔."

부하들이 이관술의 팔뚝을 책상 위에 고정하자 정맥에 주삿바늘을 찔러 넣었다. 주사기 안으로 천천히 붉은 피가 고여 갔고, 가득 고이자 팔뚝에서 바늘을 뺐다. 주사기 안에 가득 찬 피를 들여다보며 노덕술이 이죽거렸다.

"피가 다른 사람보다 더 붉군, 그래서 빨갱이라고 하는 건가?"

노덕술은 주사기 안에 가득한 피를 이관술의 머리 위에 천천히 들이부었다. 이관술의 얼굴이 피범벅이 되었고 붉은 피가 뚝뚝 흘러내렸다.

"몸에서 더는 뽑아낼 피가 없을 때까지 뽑아주지."

노덕술은 또다시 이관술의 팔뚝에 주사기를 꽂았다. 그렇게 뽑아낸 피를 이관술의 머리 위에 뿌리기를 네 번 거듭했다.

"너, 이놈, 일제 때는 일본의 개가 되어 독립운동가를 고문하고 죽이더니 이제는 미제의 개가 되어 민족주의자들을 고문하고 죽이느냐 이놈. 내 몸속에 피가 모두 빠져 죽어갈지언정 네놈의 의도대로는 되지 않을 것이다."

이관술은 눈에서 핏발을 튕기며 이빨을 부드득 갈았다. 그 모습은 지옥에서 방금 온 아귀와 같은 모습이었다.

"그래, 네놈을 한두 번 고문한 것도 아니고 네가 독한 놈이라는 것을 알지. 몸에 피가 없으면 어떻게 되는지 나도 궁금했어."

"뽑아라, 이놈아!"

노덕술은 10여 차례에 걸쳐 이관술의 몸에서 피를 뽑아 머리 위에 들이부었다.

"몸에 피가 싹 빠져나가 죽는다면 고문의 흔적이 없어. 너 같은 놈은 한강 얼음을 깨고 그 속으로 밀어 넣어 버리면 그만이야. 알겠나!"

이관술은 울음을 터뜨렸다. 육체적인 고통은 없었지만 어떤 고문보다 견디기 힘들었고 괴로웠다. 머리부터 발끝까지 빨간 피가 엉겨 붙은 이관술이 결국 위조지폐를 찍어냈다는 자백을 했다.

"왜? 몸속에 피가 다 빠질 때까지 자백하지 말고 버텨보시지."

비아냥거리는 노덕술이 눈을 빛내며 물어왔다.

"자, 그럼 공산당 어디까지 위조지폐 사건을 보고했나?"

이관술의 숨이 헉하고 멎었다. 일개 수도 경찰의 수사과에서 조선공산당 수뇌부를 말살하려는 책동은 있을 수 없는 일이다. 그렇다면 이는 분명 미군정이라는 엄청난 배후가 있는 것이었다.

"이놈아, 사실이 아니었지만 나 혼자 뒤집어쓰려고 했다. 헌데 사실이 아닌 일을 누구에게 연루시킬 것이냐, 이놈아!"

노덕술이 주사기를 다시 빼어 들었다.

"한 번 더 빼줄까?"

이관술이 고개를 떨어뜨렸다.

"어떤 대답을 원하느냐?"

"빨갱이 두목 박헌영도 알고 있지?"

"그분은 조선공산당 당 중앙이다. 위조지폐를 만든 사실도 없지만 그런 일에 간여할 만큼 한가하지도 않다."

"그런데 어쩌나. 이미 나는 신문 보도자료 제목까지 정했고 박헌영도 잡아들일 준비가 되었는데…"

"이놈들!"

부드득 이를 갈았지만 사건은 이미 오래전부터 기획된 것으로 보였고, 결국 그들의 의도대로 사건은 조작될 것이다.

"조선공산당 정판사 위조시폐 사건. 어때? 제목이 그럴듯하지 않니?"

노덕술이 간교한 웃음을 흘리며 이관술의 면전에 얼굴을 가까이 들이댔다.

경찰에서 강압수사와 형식적인 확인 차원의 검찰수사를 거쳐 재판이 시작되었다. 법정에서 이관술은 자백한 이유가 고문 때문이라며 진술을 번복했다. 판사는 의문을 품었다.

"고문을 당해 상처가 있는가?"

"상처는 없습니다."

"무슨 고문을 당했기에 상처가 없는가?"

"주사기로 피를 뽑아 얼굴에 뿌리는 고문을 당했습니다."

판사가 의아한 표정으로 물었다.

"주사기로 피를 뽑아 얼굴에 뿌려…?"

"그렇습니다."

믿기지 않는다는 표정으로 판사가 재차 물었다.

"그렇다면 검찰에서 조사를 받으며 그런 사실을 왜 주장하지 않았는가?"

"검찰에서 분명히 고문을 당해 허위 자백했다고 진술했습니다."

"그런데 왜 피의자 신문 조서에는 그 사실이 기재되어 있지 않은가?"

"나도 조서를 읽고 그 부분을 넣어달라고 요구했지만 돌아온 것은 고문이었습니다."

"검찰에서도 고문을 당했는가?"

"예, 그렇습니다."

"어떤 고문을 당했고 고문을 당한 상처가 있는가?"

"벽을 마주 보고 하루 종일 서 있는 고문을 당했기 때문에 고문 상처는 없습니다."

"벽을 보고 하루 종일 서 있어?"

"예."

"피고인의 주장을 입증할 증인이나 증거는 있는가?"

"검사와 직접 피를 뽑은 노덕술에게 물어보시오."

"증인이 피고인을 조사한 경찰관인가?"

"그렇습니다."

"피고인의 진술에 의하면 고문에 의해 자백했다고 진술을 번복하는데…"

"고문은 없었습니다."

"주사기로 피를 뽑아 얼굴에 뿌렸다는데 사실인가?"

"하하하."

노덕술이 호탕하게 웃자 판사가 주의를 주었다.

"법정에서 불손한 행동을 삼가길 바란다. 주사기로 피를 뽑아 피고인의 얼굴에 뿌린 것이 사실인가?"

"말도 안 되는 소리입니다."

"그렇다면 피고인이 거짓말을 한다는 것인가?"

"그렇습니다. 피고인은 공정한 상태에서 조사를 받았고 일체의 고문이 없었습니다. 다만 개인적으로 본인을 모욕하여 살짝

뺨을 한 대 때린 사실은 있습니다. 그리고 피고인이 속한 정당인 조선공산당 두목 박헌영이 왜 북으로 도망갔겠습니까? 지은 죄가 있기 때문에 월북한 것 아니겠습니까?"

"피고인은 증인의 말을 들었는가?"
"전부 거짓말입니다."
이관술이 몸을 부들부들 떨었다.
"고문을 당했다는 점에 대해서는 피고인에게 입증책임이 있다. 입증하지 못한다면 피고인의 주장을 믿지 않을 것이다."
검찰 측에서는 서면으로 고문을 한 사실이 없다고 통보했고, 결국 판사는 이관술에게 종신형을 선고했다.

이관술은 여운형, 이승만, 김구, 박헌영, 김일성과 함께 조선에서 가장 뛰어난 정치 지도자 5인에 들었던 인물이다. 위조지폐를 찍어냈다는 터무니없는 속임수로 종신형을 선고받은 이관술은 고립무원이었다. 조선정판사 사건이 터지자 박헌영, 이승엽, 이강국은 북으로 몸을 피했고, 이현상, 김삼룡, 김주하는 지하로 숨어들었다. 하루아침에 조선공산당이 불법단체가 되었고 기관지는 폐간되었으니, 그를 구명하기 위해 힘써줄 단체나 사람이 모두 사라져 버렸다. 서대문 구치소에 수감 중이던 그는 6.25 전쟁 직후 각 지방의 교도소에 수감되어 있던 좌익 사범들을 처형하는 과정에 같이 처형되었다. 뼈잿골에서 처형된 좌익 사범은 8,000명이 넘었다.

그의 식구들은 물론이고 친인척까지 결딴이 났다. 1992년, 친척들이 무덤도 없는 이승엽을 기리기 위해 빗돌을 세웠는데 우익들이 뽑아 버렸다. 북한 평양 근교 신미리 애국열사릉에도 이관술의 이름은 없다. 이관술은 남북한 양쪽에서 철저하게 버림받은 채 이승을 떠도는 중음신이었다.

정판사 사건은 조선공산당을 불법화하는 사건이 되었고 좌익세력을 탄압할 수 있는 구실이었다. 그 과정에서 노덕술은 우익진영에 큰 공을 세운 셈이다.

노덕술은 1899년 6월 1일 울산 장생포에서 태어났고, 중학교 2학년 중퇴 후 일본인 잡화점에서 잠시 일하다 1918년 경남순사교습소를 졸업한 후 일제 순사로 경찰 생활을 시작했다. 비록 학력도 낮고, 든든한 배경도 없었지만, 그는 승승장구했다. 조선인으로 올라갈 수 있는 경부보까지 진급했다.

하지만 노덕술은 만족하지 않았다. 36년 일제 강점기 동안 조선인 총경은 21명뿐이었는데, 그는 총경까지 진급했다. 노덕술을 제외한 조선인 총경들은 이미 대한제국 시대부터 경찰 경력이 있거나, 대학을 졸업한 엘리트가 대부분이었다. 그럼에도 그는 낮은 학력으로 일본인들도 달기 힘들다는 총경을 달았을 때는 이유가 있을 것이다.

상하이와 만주에서 활동하던 독립군들의 실체를 꿰뚫고 있던 그는 독립운동가들이 가장 두려워했던 인물이다. 독립군을 전문적으로 잡아들이는 조선인 경찰들이 많이 있었지만, 노덕술은 그들에 비해 능력이 출중했다. 그의 손에 잡힌 독립운동가 중 이름만 대면 알만한 사람이 부지기수였다.

그는 잡아들이는 능력 외에 자백을 받는 데도 출중한 능력을 과시했는데, 그가 새로이 개발한 고문 덕분이었다. 그의 손에 잡힌 많은 독립 투사는 고문으로 불구가 되거나 죽어갔다.

일제 아래 총경까지 진급한 그는 해방이 되자 수도경찰청 수사과장으로 재빨리 변신했다. 반민특위가 결성되어 친일 반민족주의자로 몰리자, 반민특위 위원 전원을 암살하려는 계획을 세우기도 했다.

결국 반민특위에 체포되지만, 이승만이 그를 반공투사라며 석방했고 육군 범죄수사대장으로 임명한다. 공산주의를 척결하기 위해서는 친일 경찰 행적도 그다지 문제가 되지 않았다. 공산주의자들의 계보를 훤히 꿰고 있는 그가 이승만은 필요했을 뿐이다.

이승만 정권하에서 승승장구하던 그는 고향에서 국회의원 선거에도 출마하는 등 탄탄대로를 달리다가 천수를 누리고 죽었다.

선이 악을 이긴다는 평범한 진리가 세상 모든 일에 구현되지는 않는 모양이다. 하지만 그가 지은 죄의 대가를 후손 중 누군가는 분명 치르고 있을 것으로 믿고 싶을 뿐이다.

월북

미군정의 지시를 받은 수도 경찰 일단의 병력이 소공동 근택 빌딩 2층 조선공산당 중앙당사와 박헌영의 집을 겹겹이 에워싸고 있을 무렵, 조촐한 장례 행렬이 경성 외곽으로 빠져나가고 있었다. 상주와 10여 명의 가족들이 관을 실은 우마차 뒤를 따랐으며, 이들이 경성 외곽에 다다랐을 때는 미군정의 지시로 검문이 강화되었다. 일일이 신분증을 검사하고 있었고, 우마차 뒤를 따르는 장례 행렬도 검문을 했다. 책임자인 듯한 경찰관이 관을 열라고 했다.

"이것 보시오. 세상에 관을 여는 법이 어디에 있소?"

상주가 항의했지만 경찰관은 뜻을 굽히지 않았다.

"검문을 강화하라는 윗선의 지시요. 안 되었소만, 관을 열어 보아야겠소."

"그럴 수는 없습니다. 관을 열려면 나를 죽이고 여시오."

경찰들과 상주가 관을 열어라, 못 연다로 실랑이하고 있을 때 그곳을 지나치는 사람들도 상주 편을 들었다. "아무리 세상이 험하지만 죽은 사람 관을 여는 법은 없다."며 군중이 항의하자 경찰관들의 태도가 조금 수그러들었다.

"장지가 어디요?"

장지까지 따라가겠다는 말투였다.

"좋소. 그러면 장지까지 따라오시오. 경기도 양주외다."

"양주라… 그렇다면 내가 그곳 지서장한테 연락해 놓을 테니 그곳에서 확인 절차를 밟으시오."

"알겠소. 그렇게 하시오."

경성을 벗어나 장례 행렬이 양주에 이를 무렵은 늦은 밤이었다. 지서장이 연락을 받았는지는 모르겠지만, 양주 거점에 도착할 때까지 아무런 저지를 받지 않았다. 양주 거점에 도착하자 관 뚜껑이 열렸고, 염한 시신을 관 밖으로 들어냈다. 관 밖으로 나온 시신의 염을 다 걷어내자, 박헌영이 안경을 찾으며 한숨을 쉬었다.

"내 어찌나 답답했던지 아닌 게 아니라 진짜 그대로 무덤에 묻힐 뻔했다."

장장 몇 시간 동안 염한 채 꼼짝도 하지 못한 채로 비좁은 관 속에 갇혀 있었으니 죽을 노릇이었을 게다. 헌영은 진실에서 우러나 하는 말이었지만, 좌중에 사람들은 속으로 웃음을 삭여야 했다.

밤을 틈타 1차 선발대가 북으로 출발했고, 중간 연락을 맡은 2차 연락대가 새벽 무렵 길을 떠났다. 긴밀하게 확인한 동선에 따라 박헌영과 지도부가 북쪽으로 길을 잡은 때는 이른 아침을 먹고 나서였다. 이동은 주로 산속 길, 그것도 깊은 산속으로만 길을 잡아나갔다. 하늘을 가릴 만큼 높은 산들이 앞을 가로막았고, 험난한 바위투성이와 절벽을 오르고 어둡고 깊은 계곡을 지나야 했다.

양주를 출발한 지 3일 만에 중간 연락대와 연락이 두절되었다. 중간 연락대는 선발대와 연락을 취하며 지도부에 음식과 물을 공급했는데, 연락이 두절되니 꼼짝없이 굶을 수밖에 없었다. 민가로 내려가 음식과 물을 구하려 했지만, 만약 잘못되면 박헌영을 비롯한 지도부는 종신형을 선고받을 것은 틀림없는 사실이었다. 종신형을 받는다는 의미는 모든 것이 끝나는 것이다. 며칠을 굶은 상태에서 험한 산길은 고통스러웠다. 구룡령에서 조침령으로 이어지는 구간은 산 하나를 넘으면 또 산이 가로막으며 끝을 보여주지 않았다.

눈보라가 휘날리고 온몸이 저려 오는 추위 속에서도 잠이 쏟아졌다. 정신이 혼미하고 체력이 완전히 바닥이 난 위기 상황에서 심마니를 만난 것은 기적과 같은 일이었다. 그가 건네는 식용 뿌리를 생쌀과 함께 정신없이 씹어 먹고 물 한 모금을 마시니 저승 문턱에 이를만한 허기는 겨우 면했다.

"지금 어디를 가는 거요?"

심마니는 걱정스러운 표정으로 일행의 행색을 살피며 물었다. 이상한 행색으로 산속을 헤매는 것이 괴이하게 보였을 것이다. 선발내 중간 연락대의 원활한 지원을 받을 것으로 생각한 지휘부는 전부 양복에 외투 차림이었다. 일행이 향하는 곳을 알리지 않자 그가 걱정스러운 표정을 지었다.

"겨울 산은 무서운 곳입니다."

최용달이 무엇인가 승낙을 받으려는 듯 박헌영의 표정을 살폈다. 박헌영이 고개를 가늘게 끄덕이자 최용달이 심마니에게 조심스럽게 일렀다.

"우리는 지금 북으로 가는 중이오."

"북으로요?"

북으로 가는 길을 왜 거친 산길로 잡았는지 의문이 들었을 것이다.

"옆에 계신 분은 조선공산당 당 중앙이신 박헌영 동지요."

심마니가 깜짝 놀라며 박헌영 앞에 무릎을 꿇고 인사를 올렸다.

"저도 이북으로 가려고 했지만 아무런 연고가 없어서 올라가지 못하고 있습니다. 만약 저를 데리고 가 주신다면 제가 어떻게 해서든지 길을 잡아 북으로 모시겠습니다."

그렇지 않아도 도움이 절실하던 판에 심마니가 먼저 제의를 하니 일행들이 크게 반겼다.

깊은 산속의 추위는 상상을 초월하는 것이었다. 모닥불을 피워놓고 빙 둘러앉아 밤을 새우곤 했는데, 불을 대하고 있는 곳은 그런대로 견딜 만했으나 불에서 좀 먼 곳은 살이 아릴 정도였다. 심마니는 산그늘이 내려앉기 전에 땔감을 준비했고, 하룻저녁 노숙할 동굴을 어김없이 찾아냈고, 어디서 구해오는지 식용 뿌리를 일행들에게 건넸다.

어둠이 내리면 호랑이가 포효하는 소리가 계곡을 울리며 들려왔다. 깊은 산속 호랑이도 두려운 것이었다. 백두대간의 남한쪽 마지막 봉우리를 넘기 위해 깊은 협곡으로 들어섰다. 기괴하게 깎인 절벽이 황금색 노을빛으로 물들어 가고 있었다. 노을을 등지고 천천히 내려오는 것은 집채만 한 호랑이였다. 일행이 재빨리 권총을 빼 들자 심마니가 제지하며 호랑이와 정면으로 맞섰다. 단 한 방에 정수리를 뚫지 못한다면 흥분한 호랑이를 당해 낼 수가 없을 것이다. 심마니와 호랑이가 마주 보며 눈싸움하는 시간이 마치 영원처럼 느껴졌다. 잠시 후, 호랑이가 낮게 크르르거리더니 몸을 뒤로 돌려 바위 둔덕 너머로 사라져 갔다.

호랑이를 마주 대하고 있는 것조차 오금이 저릴 지경이었으나 그는 대범했다. 깊은 산속에서 한두 번 호랑이를 만난 것이 아니라는 그는 호랑이와 마주쳤을 때 절대로 뒤돌아서서는 안 된다고 했다. 호랑이의 눈을 자신감 있는 눈빛으로 쏘아보면 호랑이는 자신보다 강한 상대로 인식하고 뒤돌아선다는 것이다. 그의 담력과 판단력이 마음에 들었다. 후일 그는 박헌영의 수행원 겸 운전기사로 한 몸으로 움직였고, 박헌영과 운명을 같이하게 되는 박무영이라는 자였다.

몇 차례 죽을 고비를 넘기며 산속을 헤맨 지 10일이 지날 무렵 일행이 도착한 곳은 강원도 고성이었고 때는 겨울이었다. 엄청난 폭설로 더 이상 북으로 향하지 못하고 그곳에서 3일을 묶여야 했다. 그 시간 고성 기점 책임자인 박락종은 선발대로부터 박헌영이 북진하고 있는 사실을 통보받은 즉시 북쪽으로 선발대를 보내 접촉 방법과 시기를 조율하고 있었다. 박헌영과 10여 명의 조선공산당 수뇌부 등이 38선을 넘은 때는 1945년 12월 말경이었다.

만약 이때 박헌영이 월북 과정에서 미군정에 체포되었거나 사고사로 생을 마쳤다면'이라는 상상을 해본다.

가장 먼저 떠오른 의문은 민족상잔의 비극인 6.25 전쟁이 과연 일어났을까? 박헌영은 통일된 조국에 대한 신념이 강했던 사람이다. 그 말은 6.25 전쟁에 대한 책임으로부터 자유롭지 못하다는 말이다.

과연 박헌영은 위대한 독립 투사로 남과 북의 교과서에 실릴 수 있었을까? 조선공산당 재정부장 이관술과 그 외 독립운동을 한 사회주의자들이 김대중 정부 들어 대거 독립운동가로 추서된 것을 보면 충분히 가능한 일이 아니었을까?

북한의 3대 세습이 지금처럼 가능했을까? 박헌영의 숙청은 김일성의 1인 독재체제를 굳히는 계기가 되었고, 그 결과 지금의 김정은까지 3대가 북한을 통치할 수 있는 초석이 된 것은 분명한 사실이기 때문이다.

역사에는 가정이 없다고 하지만 박헌영의 월북은 남북한 근현대사에 실로 엄청난 대격변을 초래했고 현재도 진행 중이기에 궁금증이 일 수밖에 없는 대목이다.

김일성과 2차 회동

박헌영은 38선에서 소련군이 제공한 지프차를 타고 평양 인근까지 갔고, 그곳에서 김일성의 영접을 받았다. 박헌영은 조선공산당 당 중앙이었고, 김일성은 조선공산당 이북 분국의 지도자였다. 김일성은 당 중앙에 대한 예의를 갖추어야 했다.

하지만 실질적인 힘을 가지고 있던 김일성은 박헌영을 윗사람으로 대우하지 않았다. 평양으로 이동하면서 김일성은 자신이 타고 온 승용차로 이동했고, 박헌영은 지프를 타고 평양으로 들어왔다. 천신만고 끝에 북으로 넘어온 조선공산당 중앙에 대한 예의가 아니었다.

박헌영의 비서인 최용달과 허가이가 같은 차량으로 이동하며 설전을 벌였다.

"총비서에 대한 예우가 잘못된 것 아니오?"

최용달이 앞뒤 말 자르고 허가이에게 쏘아붙였다.

"무슨 소리요?"

"박헌영 동지는 조선공산당 당 중앙이오!"

"누가 뭐랍니까?"

허가이의 퉁명스러운 대꾸에 최용달이 씩씩거리며 소리를 질렀다.

"우리가 얼마나 힘들게 북으로 들어왔는데 겨우 이따위 대우를 받자고 온 줄 아시오?"

허가이가 흥분한 최용달을 매서운 눈매로 바라보며 천천히 입을 열었다.

"동지, 어떤 차를 타느냐는 중요한 문제가 아니오. 어쨌든 목적지까지 도착했으면 되는 것 아니겠소? 중요한 것은 남로당과 북로당이 한 몸으로 협조해도 모자랄 판에 기껏 자동차 따위로 종파 행위를 하면 되겠소?"

"지… 지금 종파 행위라고 했소?"

남북 공산당 수뇌부들이 가장 듣기 싫어했던 말이 종파분자라는 말이다. 허가이의 종파 행위라는 표현은 과한 표현이었다. 최용달이 말까지 더듬으며 따져 묻는 말에 허가이의 대응에 따라 싸움이 심각한 수준으로 번질 분위기였다.

"…"

허가이가 그만하자며 손을 젓자 화를 꾹 눌러 참는 최용달의 주먹에 힘이 들어갔고, 두 시간 동안 서로를 외면한 채 창밖을 바라보았다.

한편, 지프차를 타고 가던 박헌영도 언짢기는 마찬가지였다. 자신에게도 승용차를 배정하거나 최소한 김일성과 동승해야 격이 맞는 것이다. 덜컹거리는 지프차를 타고 평양으로 이동케 하는 것은 의도적이고 노골적인 무시였다. 처음부터 상대방의 기를 꺾으려는 북조선 지휘부의 의도를 모를 리 없는 박헌영이다. 덜컹거리는 지프차 안에서 박헌영이 두 주먹을 불끈 쥐었다.

평양에 도착 후 상견례를 하는 자리에서 박헌영의 행동이 거침없었다. 당 중앙으로서 행세하려는 의도가 역력했다. 박헌영은 북조선 지휘부 인사들에게 동무라고 호칭했다. 허가이는 북조선 지휘부 핵심 인물이었다. 박헌영이 자신에게 동무라고 부르자 발끈했다.
"동무가 뭐요?"
"그런 걸 가지고 뭘 그러느냐. 그러면 뭐라고 부르느냐?"
박헌영이 별일도 아닌 걸 가지고 그런다는 표정으로 허가이를 돌아보며 핀잔을 주었다.
허가이는 얼굴이 벌게진 채 씩씩거렸고 박헌영은 그런 그를 무시했다. 사실 동무라는 표현은 상대방을 낮춘 표현이다. 박헌영이 조선공산당 당 중앙이라고 하나, 소련파의 실질적인 힘을 인정해야 했기에 동지라는 격의 있는 표현을 썼어야 했다.
서로 협조해야 하는 관계이자 경쟁 관계인 김일성과 박헌영의 만남은 처음부터 불꽃이 일었다. 김일성과 박헌영의 2차 회동은 해가 바뀐 신년회에서였다. 신년회 인사 겸 모인 자리에서 허가이가 박헌영에게 소련말로, "신년을 축하합니다"라고 인사를 건넸고, 박헌영도 소련말로 인사를 건넸다. 당시 지휘부에서는 소련말로 인사를 나누는 것이 유행하고 있었다.
곧이어 김일성이 회의장에 입장했고, 박헌영이 소련말로 인사를 전하자 김일성이 웃으며 받아쳤다.

"정초 인사까지 소련말로 하겠습니까?"

사실 별다른 생각 없이 소련말로 인사를 한 것이나, 김일성의 지적에 아차 하는 생각이 머리를 스쳤다. 조선공산당 분국의 김일성에게 당 중앙이 지적당한 꼴이 되었기 때문이다.

김일성은 자신의 처인 김정숙을 대동했는데, 김정숙은 박헌영을 보자마자 큰절을 올리려 했다. 박헌영은 당황하며 손사래를 쳤지만, 김정숙은 "조선공산당 당 중앙이신 어른"이라며 끝내 큰절을 올렸다. 직접 대놓고 지적하며 무안을 주기도 하고, 큰 예로 떠받드는 등 김일성은 능수능란한 자였다.

박헌영이 명색이 조선공산당 당 중앙이라고 하나, 북조선에는 기반이 없었다. 박헌영의 정치적 기반은 남로당이었다. 남로당과 북조선 내의 입지를 다지는 데 전력을 쏟아부어야 했다.

박헌영이 국내 인사들을 접촉하고 있을 때, 김일성은 소련 군정 책임자들과 은밀히 접촉했고 비밀리에 소련을 방문하기도 했다. 북조선의 최고 통치자가 되기 위해서는 국내 지지기반도 중요했지만, 힘을 결정하는 것은 북조선에 있었던 것이 아니고 밖에 있다는 것을 그는 알고 있었다.

스탈린

스탈린은 보고 자료를 천천히 읽어 내려가고 있었다. 보고 자료에 의하면, 박헌영은 소련에서 대학을 졸업한 공산주의 이론가로 인텔리이며 혁명 투쟁 사업을 맹렬하게 전개한 자이다. 하지만 1928년 해체된 조선공산당원으로 종파 활동을 한 경험이 있으며, 일제하에서 항일투쟁을 벌이며 세 차례 투옥 생활을 하면서도 살아남은 것으로 보아 그 과정에서 일본에 전향했을 가능성을 배제할 수 없고, 북한 대중에게는 박헌영이란 이름이 널리 알려져 있지 않은 것이 단점이라고 적혀있었다.

그에 반해, 김일성은 정식 교육도 받은 사실이 없으며 공산주의 이론에는 밝지 못하지만, 항일 독립운동을 하며 보천보 전투 등 수많은 전투에서 승리를 거두었고 소련군 대위 출신이며 북조선 인민들에게 영웅으로 인식되어 있는 점이 장점이다. 또 한 가지 중요한 사실은 항일 독립투쟁 중 김일성은 한 번도 일본 경찰에 체포되지 않아 일본에 회유나 포섭당했을 가능성이 희박했기 때문에 때가 묻지 않았다. 또한 그는 마르크스-레닌주의 이론, 사회주의 정치, 공산당 조직 등에 관해서는 박헌영만큼 풍부

한 지식을 보유하지 못했지만, 정치 지도력과 술책을 부리는 능력을 갖추고 있다고 적혀있었다.

당시 일부 소련 고위층에서는 김일성을 지지하는 그룹과 박헌영을 지지하는 그룹으로 나뉘어 있었는데, 그것이 점차 소련 고위층 간 권력투쟁 형식으로 비화하고 있었다. 스탈린으로서는 조속히 매듭지어야 할 필요성이 있었다.

1946년 7월 하순, 소련군 연해주군구 사령관 메레츠코프로부터 은밀한 전문 한 통이 평양 소련 군정으로 날아들었다.

"지금 즉시 평양 비행장에 김일성과 박헌영을 대기시켜 놓아라. 이 사실은 절대로 비밀로 해야 할 일이다."

평양 비행장에 기착해 있는 특별 군용기 안으로 들어선 소련 군정 사령관과 25군 사단장 레베데프 장군이 절도 있는 경례를 올렸다. 그들의 경례를 받는 이는 소련군 연해주군구 사령관 메레츠코프 원수였다. 메레츠코프 원수가 소련 군정 사령관에게 물었다.

"김일성과 박헌영이 언제쯤 도착하오?"

"김일성은 평양 비행장으로 출발했고 경성에서 해주로 와서 대기하고 있던 박헌영도 평양 비행장으로 곧 도착할 것입니다."

25군 사령관 레베데프 장군이 긴장된 표정으로 물었다.

"원수님과 두 사람 간의 회동입니까?"

메레츠코프 원수의 답변은 간결했다.

"모스크바 고위층을 접견합니다."

레베데프 장군은 접견의 의미를 알 수 있었다. 김일성과 박헌영을 모스크바 고위층에서 접견하는 이유는 북조선의 실권자를 결정하기 위한 것이었다.

"그렇다면 저희들도 모스크바로 들어가야 합니까?"

"그렇소."

잠시 후 김일성과 박헌영이 비행기에 올랐고, 소련 총영사 샤브신 등이 뒤따라 비행기에 올랐다. 메레츠코프 원수를 맞는 김일성과 박헌영은 잔뜩 상기된 표정이었다. 김일성과 박헌영은 메레츠코프 원수와의 회담으로 알고 비행기에 들어섰으나, 이들이 비행기에 오르자 비행기는 굉음을 내며 하늘로 솟아올랐다.

비행기가 상공을 가르자 메레츠코프 원수가 김일성과 박헌영을 불렀다.

"김일성 대위 장군, 그리고 이론가 동지! 지금부터 일은 대외에 극비로 해야 하오."

메레츠코프 원수는 김일성을 김일성 대위 장군이라는 애칭으로 불렀고, 박헌영은 이론가 동지라고 불렀다. 김일성이 소련군 대위 출신에 불과했지만, 북조선 실권자 반열에 있는 그를 김 대위라고 부를 수는 없었다.

메레츠코프 원수는 공산주의 사상에 정통한 이론가이자 소비에트 혁명의 핵심 주체세력으로, 북조선의 모든 권력을 통제하는 4성 장군이었다. 소련군 대위 계급의 김일성이 감히 필적할 상대기 아니었고, 또한 박헌영이 조선공산당 당 중앙이라 해도 그 역시 마찬가지였다.

비행기가 하늘로 솟구치자 김일성과 박헌영은 마른침을 삼켜야 했다. 메레츠코프 원수를 접견하는 것으로 알고 달려온 그들이지만, 자신들의 최종 면담자는 모스크바의 고위층임을 직감적으로 알았기 때문이다.

메레츠코프 원수가 비밀에 부치라고 할 정도이면 소련의 부총리급 인사 이상의 인물과 면담이 잡혀있을 것이다. 하지만 면담 당사자는 더 윗선의 인물이었다.

크렘린 접견실로 들어서자 실무자가 각자에게 지정된 좌석을 알려주었고, 지정된 좌석에 모두가 앉았다. 고위급 인사를 중심으로 오른쪽으로는 김일성, 왼쪽으로는 박헌영, 그 정면 중앙에 스티코프 장군 그리고 좌우에 평양 측의 로마넨코 장군과 경성 총영사 샤브신 등이 자리 잡았다. 크렘린은 의전이 매우 까다로운 곳이다. 고위층을 중심으로 오른쪽이 상석인데 그곳에 김일성을 앉혔다는 것은 의미심장한 일이다.

황금색 문양이 새겨진 로마넨코 양식의 육중한 문이 열리고 접견실로 들어서는 이는 스탈린 대원수였다. 김일성과 박헌영은 자리에서 벌떡 일어나 경직된 자세로 부동자세를 취했다. 천천히 다가온 스탈린은 일행과 악수를 나누지 않은 채 중앙에 마련된 자리에 앉았고, 잠시 후 기립해 있던 일행이 좌석에 앉았다.

스탈린의 의중을 알아챈 스티코프 장군이 김일성을 먼저 스탈린에게 소개했고, 뒤이어 박헌영을 소개했다. 스탈린은 가느다란 미소를 띤 채 보일 듯 말 듯 고개를 흔들며 좌석에 앉아 손을 내밀었고, 김일성과 박헌영이 다가가 악수했다.

먼저 김일성이 북조선 정세를 보고했고, 이어서 박헌영의 남·북조선 정세 보고가 이어졌다.

두 사람의 보고가 끝나자 스탈린이 김일성을 바라보며 나지막이 입을 열었다.

"김일성 장군은 평양 주둔 소련 군정의 도움을 받아 북조선의 소비에트화 정책을 힘 있게 밀고 나가야 할 것이오."

'소비에트화 정책!'

좌정한 모든 사람의 표정에서 일순 긴장감이 흘렀다.

토지개혁, 노동법령, 산업국유화가 소비에트화의 핵심이다. 이를 조기에 실현하라는 명령은 김일성을 북조선의 실질적인 통치자로 지명한다는 뜻이었다. 김일성이 벌떡 일어나 스탈린에게 절도 있는 경례를 붙이며 외쳤다.

"조선 소비에트 혁명의 불꽃을 피우는 데 이 한 몸 바치겠습니다!!"

흡족한 웃음을 띤 채 스탈린이 박헌영에게 눈을 돌렸다.

"박헌영 동지! 어려운 여건 속에서 남조선에서 분투하는 그대의 혁명 투쟁을 높이 평가하고 있소."

스탈린의 격려 차원의 말에 박헌영의 눈가에 가늘게 경련이 일었다.

이날 저녁 스탈린이 베푸는 만찬장에서 김일성은 기분 좋게 만찬을 즐겼으나, 박헌영의 표정은 어두웠다. 박헌영의 표정이 어두운 것을 본 스탈린이 박헌영을 자신의 곁으로 불렀다.

"풍성한 과일을 수확하려면 세 가지가 충족되어야 하오. 첫째가 씨앗의 품성이고 둘째는 주변 환경이고 셋째는 시간이오. 우선 모스크바에 며칠 머물며 기업소와 공장 등을 견학하고 소비에트를 철저히 보고 돌아가도록 하시오."

스탈린은 참모에게 박헌영이 소련에 머물며 각종 공장과 기업을 시찰하는 데 불편함이 없도록 조치하라고 지시했다.

스탈린이 하는 말은 엄청난 내용을 내포하고 있는 것이었다. 비록 지금은 김일성을 북조선의 통치자로 인정하지만, 상황에 따라서는 변화될 수도 있으니 그때를 위해 힘을 비축해 두라는 의미인 것이다.

스탈린은 북조선 통치자를 정하기 위해 많은 보고와 검토를 하며 저울질을 해왔다. 김일성과 박헌영 외에도 북한 주민의 절대적인 추앙을 받던 민족 지도자 조만식, 연안파의 거물 김두봉, 소련파의 두목 허가이 등도 그 대상이었다.

그러나 스탈린은 이들을 모두 제치고 33살의 청년 김일성의 손을 들어주었는데, 과거 동유럽의 공산권 지도자를 선택한 배경을 살펴보면 그 이유를 알 수 있다.

동유럽의 공산권 지도자를 선택할 때도 마르크스-레닌주의 이론가보다 군인 출신을 선호했다. 김일성은 소련군 제88 정찰여단에서 대대장으로 복무하면서 소련의 명령에 충실했기 때문에 믿을 수 있는 군인으로 판단했다.

스탈린은 코민테른을 싫어했는데, 김일성은 활동 전력이 없으며 빨치산 활동만 했기 때문에 다른 종파에도 관여하지 않았다는 사실이 중요했다. 또 김일성의 본명이 김성주였지만, 김일성이라는 항일투쟁 영웅의 이름으로 알려져 있기 때문에 지도자로 부상시키기가 용이했던 점도 한몫했다.

박헌영을 두고도 많은 고민을 했다. 그는 이론적으로 준비된 인텔리였지만, 코민테른에 관여한 전력이 있고 1928년 종파 싸움으로 해체된 조선공산당 당원으로 활동한 경험이 있었다. 아울러 일제 치하에서 항일투쟁으로 세 차례 형무소 생활을 하는 과정에서 일본에 항복했을 가능성을 배제할 수 없다는 점이 고려되었다. 또 북한 대중들에게는 박헌영이란 이름이 널리 알려지지 않았던 점도 걸림돌이었다.

스탈린의 낙점을 받은 김일성은 평양으로 돌아갔고, 박헌영은 소련의 기업과 군수시설 시찰을 위해 모스크바에 머물렀다. 박헌영이 머무는 숙소로 샤브신이 방문한 것은 스탈린과의 만찬 다음 날이었다. 샤브신은 북조선 통치자 결정과 관련해 의견을 나누고자 방문하였으나, 박헌영은 그에 대한 논의는 종결되었으므로 더 이상 논의하지 않겠다며 선을 그었다.

"내가 샤브신 동지를 보자고 한 것은 다른 이유가 있어서였소."

조금은 맥이 빠진 듯한 표정으로 샤브신이 눈을 커다랗게 떴다.

"어떤 문제요?"

"샤브신 동지, 내가 모스크바에 10일간 머무르는 동안 만나고 싶은 사람이 있소."

"누구를 보시겠습니까?"

"20여 년 전에 헤어진 내 딸이요."

샤브신이 깜짝 놀라며 물었다.

"딸이 모스크바에 있습니까?"

"그렇소. 이름은 비비안나이고 어미의 이름은 주세영이요."

"나이는…?"

"음… 지금쯤 30살 정도 되었을 거요. 8살 때 보고 헤어졌으니…"

"알겠습니다. 정보기관을 통해 알아보겠습니다."

샤브신이 방을 나서다 말고 뒤돌아서 물었다.

"아까 아내 분도 모스크바에 있다고 하셨는데, 아내 분은 만나지 않을 계획입니까?"

"…음, 아내는 되었소."

당시 박헌영이 묵었던 숙소는 모스크바 중심부에 있는 최고급 호텔 스위트룸이었다. 영문을 알 수 없다는 표정으로 30대의 조선인 여자와 소련 남자가 스위트룸으로 들어섰다.

여인과 남자는 입구에서 더 들어올 엄두를 내지 못한 채 우두커니 멈추었다. 박헌영이 바쁜 걸음으로 다가가 여인의 손을 잡았다. 느닷없이 손을 잡자, 여인이 당황스러운 표정을 지었다. 박헌영의 눈에 슬핏 이슬이 맺혀 있다.

"비비안나, 나는 네 애비란다."

여인이 무슨 말인지 몰라 어리둥절해하자, 그제야 박헌영이 러시아말로 다시 자신이 아버지임을 알렸다. 여인의 커다란 눈에 눈물이 고였다. 그러고는 그 자리에 꿇어앉아 어깨를 들썩였다.

소파로 자리를 옮긴 이들의 대화는 나지막했다.

"그러니까 너를 마지막으로 본 게 8살 무렵이었구나."

"…예, 저도 그날 골목길에서 저를 안고 웃는 모습이 어렴풋이 기억에 남아있어요."

"오호, 그날을 기억하는구나."

"예, 아버지."

"소련은 언제 온 것이냐?"

"제가 8살 때…"

박헌영은 주세영과 김단야의 행적에 관해 묻고 싶었지만 꾹 눌러 참았다. 둘 간에 한동안 침묵이 흘렀다. 아버지가 묻지 않은 엄마의 근황을 먼저 말할 수 없는 상황이라는 것을 비비안나도 알고 있었다. 박헌영이 옆에 앉아 있는 소련 남자를 바라보며 물었다.

"옆에 앉은 청년은…?"

비비안나가 옆에 앉은 남자의 손을 잡으며 자신과 결혼한 사이라며 소개했다.

"표도르프스키입니다."

남자가 일어나 정중하게 박헌영에게 인사를 올렸다. 박헌영이 반갑게 표도르프스키의 손을 잡았다.

"고맙네, 내 딸과 결혼해 주어. 그래, 둘 사이에 자녀는 있나?"

"아직 없습니다."

"그래, 어떤 일을 하는가?"

"소련공산당 조직국에서 일하고 있습니다."

"내 딸을 잘 부탁하네. 그리고 내가 열흘간 모스크바에 머물며 기업체 등을 시찰할 예정인데 그 열흘간 나와 함께했으면 좋겠구나."

30여 년 세월 동안 아버지로서 해 준 것이 없는 박헌영은 짧은 시간만이라도 딸과 시간을 보내고 싶었다. 비비안나와 표도르프스키는 아버지가 북조선에서 어떤 위치에 있으며 무엇 때문에 소련에 온 줄도 몰랐다. 하지만 직접 묻기에는 조심스러움이 있었다.

박헌영은 딸 비비안나와 사위를 시찰에 동행시켰다. 비비안나와 사위는 모스크바의 각종 기업과 공장을 시찰하며 아버지가 대단한 사람이라는 것을 알 수 있었다. 기업체와 공장의 최고 책임자들이 마중을 나왔고, 소련 공산당 고위급 인사들이 시찰에 동행했다.

열흘간의 시찰을 마치고 내일이면 북조선으로 돌아가야 한다. 박헌영은 둘과 마지막 저녁을 먹었다. 모스크바에 열흘간 머물며 몇 번 갈등했지만 결국 그는 주세영과 김단야를 만나지 않았다.

하지만 한때 그토록 사랑했던 여인이고 목숨을 함께할 만큼 친한 친구였다. 거북스러운 질문이었지만 그들의 근황이 궁금했다.

"비비안나, 엄마와…"

비비안나는 아버지가 묻는 말의 의미와 뒷말을 흐린 이유를 알 수 있었다. 엄마는 소련으로 온 지 얼마 되지 않아 의붓아버지 사이에 아들을 하나 더 두었고, 일본 끄나풀이라는 의혹으로 카자흐스탄으로 추방되어 홀로 살고 있다.

차마 사실대로 밝힐 수 없던 비비안나의 눈에서 눈물이 흘렀다.

"아버지께서 어머니 일을 물으시니 고맙기도 하고 죄송하기도 해요. 어머니와 의붓아버지는 평생을 사죄하는 마음으로 살고 계세요."

"음… 비비안나, 나는 그때의 일은 모두 잊었다. 다만 엄마와 김단야에게 안부나 전해 주렴."

"…"

"그리고 내일이면 북조선으로 돌아간다. 만약 내게 연락을 취할 일이 있으면 소련 공산당 샤브신에게 연락하면 조치할 것이다."

박헌영은 비비안나의 손을 꼭 쥐었고, 비비안나의 눈에서는 뜨거운 눈물이 흘러내렸다.

주세영은 조선 땅에서 살아갈 자신이 없었다. 한때 절친한 친구이자 동지인 김단야도 얼굴을 들고 조신에서 살 수 없었다. 둘은 모든 것을 정리히고 소련으로 건너왔고, 주세영은 '한베라'로 이름까지 바꾸었다. 그들은 공산당 활동을 하기 위해 소련으로 건너왔지만, 모스크바에서는 그녀와 김단야를 추방했다.

　모스크바에서 그녀를 추방한 이유는 일본의 밀정이라는 것이었는데, 주세영의 행적을 보면 그럴 만한 이유가 있어 보인다. 그녀는 3.1 만세운동에 가담하고도 한 달 만에 석방이 되었고, 이후 여러 차례 구속이 되었으나 2개월 만에 석방되는 등 석연찮은 구석이 있었다. 그녀가 실제로 일본의 밀정인 여부는 확실치 않지만, 사회주의에 그토록 열정적인 여인을 별다른 증거도 없이 모스크바 당국이 주거를 제한하고 카자흐스탄으로 추방했던 것은 의문스러운 일이다.

　이후 주세영은 카자흐스탄으로 추방되고 1946년 형기를 마친 뒤 어렵게 살고 있었다.

권력투쟁

김일성과 박헌영이 스탈린을 접견했고, 북조선 통치자가 김일성으로 낙점되었다는 사실을 아무도 아는 이가 없었다. 힘의 균형은 이미 정해졌지만, 그 사실을 알 리 없는 남로당과 북로당 간부들 간에 설전이 벌어졌다.

북로당 선전부장 김창민과 간부부장 이상조, 남로당의 핵심 간부인 이현상 등은 자주 어울리는 술친구들이었다. 술이 몇 순배 돌자 북로당 선전부장 김창민이 이현상을 바라보며 물었다.

"곧 수립될 공화국에서 김일성 장군이 북조선 최고 지도자를 맡는 것이 너무도 당연한 순리 아닌가?"

김창민의 말이 떨어지기 무섭게 남로당 핵심 간부인 이현상의 눈빛에 살기가 돌았다.

"김일성은 인민 무력 부장 정도가 적당하고 최고 지도자는 박헌영 선생이 맡는 것이 남북 인민들의 뜻에 부합한다."며 정색을 하자 북로당 간부인 이상조가 "박헌영은 당파 싸움을 일삼는 종파주의자이기 때문에 지도자로서는 절대 불가하며 빨치산 대장 출신인 김일성 장군만이 우리 조선을 이끌 수 있는 자격이 있다."고 맞섰다.

이현상이 술을 마시다 말고 잔을 던지며 고함을 질렀다.

"어떤 놈이 종파주의를 입에 올리는가!?"

이현상은 평소 조용한 성격이다. 그런 자가 술잔을 던지며 폭발하자 좌중에 서늘한 기운이 돌았다. 북로당 선전부장 김창민은 이현상보다 연배였다.

"야 이현상, 네가 감히 내 앞에서 술잔을 던질 수 있는 거야?"

"왜 이 자식들아! 너희들이 지금 멀쩡한 사람을 종파주의로 몰아가고 있는 거 아니냐? 술잔이 아니라 수류탄을 던져주랴?"

종파주의라는 말에 이현상은 이성을 잃고 과하다 싶을 정도로 막말을 퍼부었다.

이현상이 욕을 하며 수류탄을 던져주겠다고 하자 북로당 간부들이 술상을 넘었고 몸이 엉키는 패싸움이 벌어졌다. 술상은 엎어져 아수라장이 되었고, 서로의 주먹과 발이 상대방을 가격했고 코뼈가 부러지고 얼굴이 찢어지는 등 싸움이 격렬했다. 이현상이 바깥으로 튀어 나가더니 훈련용 총을 들고 와 쏘아버리겠다고 위협하자 북로당 간부들은 쏘아 보라며 배를 들이밀었다.

남로당과 북로당 간부들끼리 패싸움을 했다는 사실은 즉각 소련 군정에 보고되었고 허가이가 진상조사를 시작했다. 허가이가 조사한 결과 북조선 최고 권력과 관련한 문제로, 처리 결과에 따라 각 정파 간에 심각한 권력투쟁으로 이어질 수 있는 민감한 문제였다. 결국 소련 군정에서는 패싸움한 당사자들만 징계하는 선에서 사건을 덮으라는 지시가 내려왔다. 남로당 이현상과 김삼룡을 즉각 남조선으로 내려보내고, 북로당 간부들은 지방으로 좌천하는 선에서 사건은 마무리가 되었다.

그날의 패싸움은 남로당 이현상과 김삼룡의 운명이 결정되는 중요한 사건이었다. 남조선으로 내려온 이현상은 빨치산 대장이 되었고, 김삼룡은 지하에서 남로당을 이끌었다. 하지만 후일 둘은 총살당하는 비운을 맞게 된다. 만약 그날의 사건이 없었다면 이현상과 김삼룡의 비극적인 죽음은 없을지도 모를 일이다.

물밑에서 작고 큰 다툼이 날카롭게 대립하고 있었지만, 박헌영으로서는 통치자로 결정된 김일성의 의견을 무시할 수 없었고, 김일성도 스탈린으로부터 차기를 보장받은 박헌영을 무시할 수 없었다.

임시정부를 구성하는 문제는 매우 중요하고 민감한 문제였다. 모두의 의견을 수렴하기에는 시간이 촉박했고, 많은 정파의 의견을 수용하기에는 혼란스러운 점이 있었다. 김일성과 박헌영은 각 정파를 배제하고 두 사람의 의견이 집약된 결론대로 초안을 결정해 버렸다.

김일성과 박헌영이 내린 결론은 임시정부의 성원이 되기 위해서는 첫째, 일제 때 친일파, 민족 반역자, 일제 하부 관리들을 제외하고 조국 해방을 위해 싸운 사람들, 무장을 들고 해방에 이바지하고 공헌한 사람들로 구성한다는 것이었다.

하지만 북소선 공산당 분국은 여러 색깔의 사람들이 혼재해 있었다. 김열이 김일성과 박헌영이 내린 결정에 문제를 제기했다.

"나는 외국에서 살았기 때문에 일제 때 독립을 위해 싸운 적은 없지만 건국 사업에는 참가했다. 과거에 독립운동도 하지 않고 무장을 들고 싸운 적이 없으니 임시정부에 참가하지 못한다는 것이냐."

고 항의를 했다.

김열의 문제 제기에 회의에 참가한 사람들이 옥신각신하는데, 이번에는 오기섭이 문제를 제기했다.

"나는 일제 때 지하활동을 했는데 임시정부에 참가할 조건이 안 되느냐."

고 묻자 김일성과 박헌영은 지하 활동가들은 일제 하에서 독립운동을 한 범주에 들어간다는 답변을 했다. 김이섭이라는 자는 일제 때 감옥생활을 오래 한 사람도 고생을 했으니 별도의 규정을 만들어야 한다고 주장하자 누군가 비아냥대듯 물었다.

"독립운동하다가 감옥소 갔다 왔소?"

"그렇지는 않지만 어쨌든 일제에 의해 감옥살이를 했으니 일제 치하에서 고생을 한 것 아니오?"

"예끼 여보시오. 그러면 임시정부에 개나 소나 다 들어온단 말이오."

남한과 마찬가지로 수도 없이 많은 사람들이 임시정부에 참여하기 위해 수단과 방법을 가리지 않았다.

1948년 9월 8일, 최고인민회의에서 만장일치로 수상 김일성,

부수상 박헌영, 부수상 김책이 선출되었고 내각이 구성되었다. 박헌영이 부수상 겸 외무상까지 겸직한 이유는 조선공산당에서 가지는 확고한 지위와 중국과 소련에 많은 외교 인맥을 가지고 있었기 때문이었다.

박헌영 힘의 원천은 남로당과 공산국가의 인맥이었다. 하지만 미군정의 남로당 탄압이 극에 달해 지도 거점을 북으로 옮긴 상태에서 남로당 지하조직을 지휘하기에 어려움이 많았고, 재정문제 또한 어려움을 겪었다.

38선 부근 산정호수 아지트에서 남쪽에서 올라온 이승엽과 김삼룡을 마주 대한 박헌영의 얼굴이 어두웠다.

당 운영자금을 건네며 박헌영이 비장한 표정을 지었다.

"지금부터 정신 바짝 차려야 하오."

굳이 설명하지 않아도 이심전심으로 알아들을 이야기다. 박헌영이 북조선 부수상이자 외무상이라 해도 남로당이 건재하지 않는 한 늦가을 낙엽처럼 떨어질 벼슬이다.

"북조선에 남로당의 지원 거점을 만들고 그곳에서 당 간부를 양성하고 남로당의 정치노선과 미군정의 폭압을 폭로하는 신문을 제작할 것이며 남로당 활동 자금을 마련하기 위한 남북 교역 상사를 설립할 계획이오. 그리고 38선 인근에 설치한 연락소에 실무자들을 배치하여 독자성을 갖출 것이며 모든 연락소의 총괄 책임은 내가 맡겠소."

박헌영의 지침은 사실상 남로당의 자금을 독자적으로 조달하고 당 간부 양성과 선전 활동을 강화한다는 내용인데, 이는 남로당의 사활이 걸린 중요한 문제였다.

박헌영의 지침과 당 운영자금을 건네받은 이승엽 등은 38선 이남으로 내려보내고, 박헌영은 정치학교 부지를 답사하기 시작했다.

남로당의 당 간부 양성기지 즉 정치학교를 만드는 일은 학교 부지를 선정하는 일부터 교수진을 짜는 문제에 이르기까지 박헌영이 독자적으로 주도했다. 그는 승호리 사동구역에 학교 부지를 선정하려 했지만, 유격훈련까지 교육해야 했기 때문에 시내 인접 지역은 곤란하다고 판단하여 강동군에 학교 부지를 선정했다. 그곳은 과거 대성탄광 자리로 탄광 노동자들의 합숙소, 식당, 강당 설비 등이 있어 약간의 보수 작업만 하면 학교로 사용할 수 있었고, 정치 군사 학교의 성격을 갖는 당 간부 양성소로서 보안을 유지하기도 안성맞춤인 곳이었다.

강동정치학원의 교수진을 짜는 문제는 박헌영에게 딜레마였다. 남조선에서 활동 중인 남로당 간부 중 이론에 해박한 이들이 많았지만, 남조선에서 활동하는 그들을 불러올릴 수는 없었다. 할 수 없이 소련에서 나온 박병률을 강동정치학원의 초대 원장으로 임명하고, 군사교관들은 조선의용군과 항일 빨치산 출신들로 메웠다.

김일성은 강동정치학원을 박헌영 학교라고 부르며 지대한 관심을 기울였다. 김일성이 학원을 방문한 때는 1947년 12월 초순 무렵이었다. 그는 허가이 평안남도 도당위원장, 김제욱 등을 대동하여 강동 정치 학원을 방문했다.

학원을 둘러본 그들은 구내식당에서 간단한 술을 곁들인 저녁을 들었다. 술상에 오른 안주는 단출했지만, 김일성이 좋아하는 음식으로만 차려졌다. 김일성은 녹두 지짐이와 애국태를 유난히 좋아했다. 김일성이 녹두 지짐이를 한입 먹으며 박헌영을 바라보았다.

"녹두 지짐이는 귀한 손님들이나 와야 내놓는 것인데 리론가 동지가 준비해서인지 더 맛이 좋습니다."

애국태를 한 점 먹으며 김일성이 흡족한 표정을 지었다.

녹두 지짐이는 빨치산 투쟁을 할 때 김일성이 가장 먹고 싶었던 음식이라고 밝힌 적이 있다. 1992년 남북 고위급 회담이 평양에서 열렸을 때 오찬을 주최한 김일성이 녹두 지짐이를 먹으며 남측 대표단들에게 남한에도 녹두 지짐이를 먹느냐고 물었다. 남측 대표단이 남한에서도 많은 사람들이 먹고 있다고 답변하자 김일성이 의아한 표정을 지으며 물었다.

"녹두 지짐이는 황해도와 평안도에서 주로 먹는 음식인데 어떻게 이남 주민들이 먹는가?"

대표단들은 질문에 답변할 수가 없어 어색한 웃음으로 넘겨야 했다. 전쟁을 일으킨 당사자에게 당신이 일으킨 전쟁 때 녹두 지짐이가 남한으로 전파되었다고 할 수 없는 노릇 아닌가?

김일성은 녹두 지짐이와 애국태를 연신 입으로 가져가며 먹었지만, 피로해 보이는 박헌영은 아무것도 먹지 않은 채 뭔가를 담판 짓겠다는 표정이다.

"김일성 동지, 강동정치학원은 남로당 출신들이 맨몸으로 와서 치료·휴식을 취하는 교육 기관 겸 초대소 역할을 겸하는 남로당의 유일한 후방 보장 사업 기관입니다."

"예, 리론가 동지가 수고해서 만들었으니 저희도 힘이 닿는 데까지 도와드리겠습니다."

김일성의 전폭적인 지지 약속에 박헌영의 표정이 고무되었다.

"제가 평양연락소, 해주연락소 외에 38선 인근에 흩어져있는 연락 거점을 관리하고 삼일출판사, 강동정치학원을 운영하자면 상당한 자금이 소요됩니다."

"당연히 그렇겠지요."

"하지만 자금을 언제까지 수상 동지의 도움을 받을 수도 없는 형편입니다."

김일성이 고개를 끄덕이며 턱을 괴었다.

"남로당의 독자적인 자금조달이 필요한 시점입니다."

"어떤 조치를 취하면 좋겠소?"

"몇몇 기업의 운영권을 넘겨주시고 남로당이 독자적으로 남북 교역 사업을 할 수 있도록 해 주십시오."

"남북 교역 사업은 이해갑니다만 기업이라면 어떤 기업을 말하는 것이오?"

"빨리 자금을 줄 수 있는 기업을 원합니다."

"그렇다면 광물 계통의 기업인데…"

김일성이 허가이 평안남도 도당위원장에게 물었다.

"도당위원장 동지, 지금 리론가 동지가 말하는 기업 중 넘겨줄 만한 기업이 있소?"

"예, 김일성 동지. 금촌의 돌기와 공장과 황해도의 금광·탄광 기업이 있습니다."

"그러면 두 개의 기업을 리론가 동지에게 넘겨주도록 조치하시오."

"알겠습니다."

허가이에게 지시한 김일성이 박헌영에게 또다시 물었다.

"리론가 동지, 또 필요한 게 있소?"

"예, 김일성 동지. 남북 교역 상사는 설립이 만만치 않습니다. 북로당이 관리하던 곳 중 두 개를 넘겨주십시오."

"음, 남북 교역 상사라?"

"남북 교역 상사는 경제적으로도 이익이 나는 사업이지만 무엇보다도 남로당과의 연락망 구축이나 선전출판물 침투에 유용한 사업입니다."

김일성은 통이 큰 사람이었다.

"좋소이다. 해주와 양양에 본사를 둔 교역 상사를 넘겨주겠소."

해주에 본사를 둔 교역 상사는 연천 등에 연락 거점을 가지고 있었기 때문에 남북 교역 물자 중 이남으로 내려가는 명태꾸러미 속에 선전출판물을 은닉하여 반입하기에 용이했다.

독립적으로 남로당의 운영비를 마련한다는 의미는 박헌영에게 실질적인 힘이 생긴다는 의미였다. 남북 교역 사업과 두 개의 기업을 박헌영에게 지원한 김일성의 통 큰 결정에 박헌영도 화답해야 했다. 북로당이 주최하는 정치위원회 전원회의를 비롯해 북조선인민위원회나 북조선 민전의 행사에도 얼굴을 내밀었다. 특히 남로당과 북로당이 공동보조를 취하는 일이면 박헌영은 열일을 제쳐두고 참석했다. 남로당을 대표하여 소련 군정 측과도 긴밀한 접촉을 갖는 등 북조선으로 온 1년 반 동안 어느 때보다 바쁜 시간을 보내야 했다.

특히 1947년 5월에 재개된 제2차 미소공동위원회에 대한 대책 마련과 관련한 남로당과 북로당 간의 공조는 박헌영을 더욱 바쁘게 만들었다. 미국과 소련의 공동위원회가 결렬되면서 미국은 조선 문제 해결을 유엔으로 이관함에 따라 남북 간에 공동보조를 취할 필요성이 있었다. 박헌영은 김일성과 허가이, 김책 등과 만나 미국이 조선 문제를 유엔으로 이관시킨 사안과 관련하여 대책 회의를 열었다. 이는 아주 중요한 문제였다.

"리론가 동지, 정신없이 바쁘기는 서로가 마찬가지인데 이렇게 모이지 않고서는 안 될 일이 터졌다."

박헌영은 김일성이 하는 말의 의도를 알고 있었다.

"미국이 조선 문제를 유엔으로 이관한다는 의미는 무엇을 뜻하는 것이겠소? 리론가 동지."

"제가 볼 때는 남한에 단독정부를 수립하기 위한 음모가 있다고 봅니다."

김일성과 두 명의 참석자가 고개를 끄덕였다.

"맞소이다. 남한에 단독정부를 수립하기 위해 음모를 꾸미고 있는 게요. 리론가 동지께서 어떤 대안이 있소?"

김일성이 박헌영에게 대안을 묻자 골똘히 생각에 잠겨있던 박헌영이 조심스럽게 의견을 개진했다.

"일단 가장 중요한 것은 남로당과 북로당이 지금까지 긴밀한 협조를 해왔지만, 이제는 더더욱 공고해져야 합니다."

"그것은 중요한 문제입니다."

김일성이 동조 의사를 표시했다.

"또한 남로당과 이남의 다른 정당들, 예를 들면 근로인민당, 민주독립당, 민주사회당과의 공조도 강화해야 합니다."

"그렇습니다. 남한의 다른 정당들과의 공조가 절대적으로 필요한 시점입니다. 그 일은 리론가 동지가 아니면 적격자가 없습니다."

"알겠습니다."

박헌영은 평양에 머무는 시간이 거의 없이 해주, 강동, 연천, 양양 등지를 오가며 남로당의 사업 전반을 총괄하며 상황을 구체적으로 점검하고 지침을 시달했다. 당시에도 남북 사이에 38선이 그어져 있었지만, 두 개의 국가라는 개념이 희미했던 시절이다. 조선시대부터 남과 북 사이에 교역하는 물품이 빈번했으며, 당시에도 물자교류는 여전했다. 지금이야 철책선이 가로막힌 삭막한 공간이 되었지만, 당시의 38선은 물자와 사람들의 왕래가 빈번했던 시절이다.

남로당은 남북 간에 교역하는 물품 사업으로 자금을 마련하기도 했지만, 교역 물품 속에 선전출판물 등을 은닉하여 남로당으로 전달하기도 했다. 하지만 곧 첩보를 입수한 미군정은 교역 물품을 철저히 검사해 명태꾸러미에 은폐하여 남조선으로 밀반입하려던 선전출판물이 적발되는 사건이 발생했다.

남북 교역 상품에 대한 미군정의 철저한 감시와 통제로 인해 박헌영은 더 이상 교역상품 내에 선전출판물을 은닉하여 남조선으로 반입할 수 없게 되었는데, 이는 북조선 남로당 지휘부와 남조선 지하 남로당 사이에 단절을 의미하는 중차대한 사건이었다.

계속 이어지는 불운에 조바심을 느낀 박헌영은 강동정치학원 1기생들에게 지리산 빨치산들과 연계하여 투쟁하라며 남파했으나, 지리산 이현상 부대와 접촉하기도 전에 전원이 체포되는 사건이 발생했다.

연이어 불운이 겹치자, 박헌영은 1948년 정초부터 38선 인근에서 살다시피 하며 2.7 구국 투쟁이나 3.1 투쟁을 직접 지도했다.

재회

미군정으로부터 이중 스파이 혐의를 받은 현엘리스는 조선에서 강제로 추방당한 후 미국 로스앤젤레스에 거주하고 있었다. 한인 신문에서 헌영이 북한 부수상 겸 외무상 직을 맡고 있다는 기사를 본 그녀는 망설임 없이 짐을 꾸리기 시작했다. 그녀는 오래전에 이혼했고 전남편과 사이에 하나뿐인 아들은 프라하에서 의사 생활을 하고 있다.

그녀는 프라하로 떠났다. 아들을 만난 그녀는 이틀을 그곳에 머물렀고 떠나며 아들에게 마지막 작별 인사를 전하고 헝가리로 떠났다.

헝가리에서 러시아 울란바토르, 베이징을 거쳐 북한으로 들어가는 여정은 꼬박 한 달이 걸리는 머나먼 길이었다. 블라디보스토크에서 모스크바로 들어가기 위해서는 9,288킬로를 달리는 시베리아 횡단 철도를 타야 했다.

흰 눈으로 덮인 끝없이 펼쳐진 벌판을 바라보며 상해에서 처음 만난 그를 떠올렸다. 지금까지 만났던 남자 중에 그만큼 열정이 뜨거운 사람을 본 적이 없었다. 원시적인 열정으로 가득한 지적인 모습은 묘하게 사람을 끌어들이는 매력이 있었다. 만약 정혼한 남자가 없었다면 그와 결혼했을 것이고, 지금쯤이면 같이 생활하고 있었을 것이다.

미국으로 추방당한 후 상해에서의 아련한 추억이 늘 그녀의 가슴을 흔들었다. 상해에서 그를 처음 본 순간 큰 정치인이 될 것이라는 사실을 직감적으로 알 수 있었는데 그녀의 직감대로 그는 이미 정치적 거인이 되어있었다.

10여 년이라는 세월이 흘렀지만, 뇌리에서 그의 모습이 떠나질 않았다.

'어떻게 변했을까 그리고 아직도 그가 나를 생각하는 마음이 변치 않았을까?'

낮에는 온통 흰색으로 덮인 벌판을 달렸고 어둠이 내리면 불빛 하나 보이지 않는 완벽한 어둠 속을 기차는 단 한 번도 꺾이지 않고 직선으로만 달려갔다. 열차가 간이역에 도착하면 수돗가로 가서 간단히 양치하고 세수를 했다.

모스크바에 가까워지자, 하나둘 농가가 보이기 시작했고 번화한 도심이 창밖으로 스쳐 갔다. 끝이 없을 것 같은 험난한 여정이 마무리되고 있었다.

평양에 도착했을 무렵은 강추위가 몰아치는 12월 말이었다. 며칠간 내린 폭설로 평양 시가지는 온통 백색이었다. 그녀는 편지를 썼다. '친애하는 박헌영 동지께'로 시작되는 대여섯 줄밖에 되지 않는 길지 않은 편지였다. 편지의 내용은 자신이 평양에 들어와 머물고 있으며 이른 시일 안에 뵙기를 희망한다는 내용이었다. 부수상 관저로 편지를 보내고 정확히 3일 만에 답변이 왔지만, 그것은 편지가 아닌 부수상 관저에서 보낸 차량이었다.

그녀는 차를 타고 부수상 관저로 향했다. 집무실로 조심스럽게 들어서자, 그는 창밖에 시선을 둔 채 밖을 보고 있었다. 천천히 돌아서서 그녀의 얼굴을 바라보는 두 눈이 파르르 경련이 일었다. 앉으라는 말도 없이 둘은 한동안 서로를 바라볼 뿐 인사도 나누지 않았다.

작은 탄식을 내뱉으며 그가 입을 열었다.

"경성에서 갑자기 사라진 후 너무 궁금했소."

정판사 위조지폐 사건이 터지고 헌영이 북조선으로 몸을 피신하기 이틀 전에 그녀는 조선에서 사라져 버렸다. 헌영은 모든 수단을 동원하여 그녀의 행방을 수소문했지만 조선 땅에 그녀가 없다는 것이었다. 이북으로 월남 후 남로당에 그녀의 행방을 수소문하기도 했지만, 남로당의 보고는 한결같았다. 죽었거나 미국으로 돌아갔거나 둘 중 하나라고 했다.

"그때는 설명해 드릴 만한 시간이 없었어요."

"그래 가족들은…"

"외동아들이 프라하에서 의사 생활을 하고 있고 그 외 가족은 없습니다."

"음. 오는 길이 힘들었을 텐데…"

"예. 한 달이 꼬박 걸리는 거리더군요."

"그 먼 길을…"

"…"

"남조선에 가족들이 있는 것으로 아는데…"

"… 박 선생님을 만나 뵙고 싶었습니다.

"음. 그렇다면 언제 미국으로 출국할 예정이요."

"…"

한동안 고개를 숙이고 말이 없던 그녀는 헌영에게 조심스러운 눈길을 건넸다.

"북조선에서 살기 위해 왔습니다."

흠칫 놀란 것은 잠시였고 얼굴에 온화한 미소를 머금으며 천천히 쇼파에 앉았다.

"그렇다면 외무성 조사보도국에서 일할 수 있도록 조치하겠소."

외무성 조사보도국은 외무상의 비서 일도 겸하는 보직으로 헌영을 가까이에서 보좌해야 하는 자리였다.

그들은 평양 중구역에 마련한 주택에서 동거를 시작했고 30년간 이루지 못한 사랑이 불꽃처럼 타올랐다. 지금까지도 충분히 파란만장한 인생을 살아온 그들이었지만 인생의 후반기도 만만치 않은 인생 역정이 그들 앞에 기다리고 있었고 그 시간은 시시각각 다가오고 있었다.

6.25 전쟁

정책과 노선에서 김일성과 박헌영 사이에는 늘 긴장감이 흘렀고 때로는 충돌하기도 하고 양보하기도 하며 타협점을 형성해 나갔다. 하지만 남조선해방과 관련한 논쟁에서 그들은 자신들의 주장을 철회할 의사가 없는 듯 보였다. 그 결과에 따라 헤게모니를 쥘 수 있는 중요한 문제였기에 자신들의 주장을 관철하려는 노력이 집요했다.

1949년 4월 모택동의 중국인민해방군이 장개석 정부를 무너뜨리고 중국 대륙을 통일하자 북측 지도부는 고무되었다. 러시아혁명의 불꽃이 피어오른 후 소련이 러시아를 무너뜨리고 공산국가를 건설했고 전 중국이 공산당의 지배를 받게 되었으니 혁명의 불꽃이 조선으로 번지는 건 시간문제였다.

고무된 김일성은 모택동에게 중국인민해방군 내에 조선인 부대를 돌려줄 것을 요청했다. 이미 중국을 통일한 모택동은 많은 군대가 필요 없었고 또 조선인 부대이니 응당 조선으로 돌려주는 것이 이치에도 맞는 것이였다.

김일성의 요청으로 중국에서 3개 사단 병력이 이북으로 돌아왔을 때는 1950년 초순경이었다. 3개 사단 병력이 북한으로 들어오자, 남로당과 북로당의 남조선 통일 해방운동이 첨예하게 대립하기 시작했다.

남로당은 정규군으로 남한을 침범할 경우 미국의 개입이 절대적이므로 남한 해방 전쟁은 남로당 비정규군으로 수행해야 한다고 주장했고, 북로당은 남로당으로는 남한 혁명 과업을 완수할 수 없으므로 정규군으로 남한을 해방해야 한다고 주장했다. 이는 남·북로당의 이해관계가 첨예하게 걸린 중요한 문제였다.

남로당 간부와 북로당 간부들 간에 첨예한 대결이 곧 권력투쟁으로 이어질 가능성이 보이자 김일성과 박헌영이 단독 회담을 가졌다.

"남한 해방은 남로당 지하조직과 빨치산으로도 충분히 가능합니다."

박헌영은 단호하고 확신에 차 있었지만 김일성은 고개를 갸웃했다.

"남로당 지하조직은 무기가 변변찮지 않소?"

"무기는 인민군에서 지원하면 될 것입니다. 남쪽 20만 명의 지하당원이 혁명을 일으킬 경우 미국이 개입할 수 없지만, 정규군으로 전쟁을 벌였다가 공연히 미국의 개입을 불러올 수 있습니다. 더욱 중요한 것은 정규군 투입은 남과 북에 엄청난 희생을 각오해야 할 것입니다."

"내가 파악한 바로는 20만 명의 남로당원도 실체가 불분명하고 무기도 제대로 갖추고 있지 않은 걸로 알고 있소. 지금 이승만은 눈만 뜨면 북진통일을 외치고 있는데, 지체하다가는 선제공격을 당할 수도 있습니다."

"만약 이승만이 북진해서 올라온다면 남한군 내의 남로당원들이 거사를 일으켜 후미를 쳐서 충분히 제압할 수 있습니다. 이후 남로당의 정치 공세로 이승만 정권을 무너뜨리는 것은 어린아이 손목 비틀기보다 쉽습니다."

박헌영의 호언장담에 확신이 서지 않았지만 정규군으로 전쟁하면 미국의 개입이 가장 큰 문제였다. 그렇다고 손을 묶어놓고 남로당만 쳐다보고 있을 수도 없는 노릇이었다.

"좋습니다. 제가 볼 때는 남로당 지하조직이나 빨치산만으로 남조선해방혁명은 다소 역부족으로 보입니다. 그 부족한 힘을 인민군대가 적극적으로 도와주겠습니다."

"인민군대가 도와준다는 말씀은…"

"남한에서 남로당이 거사를 하면 인민군 정규부대 일부가 서해안 일부와 동해안 일부를 점령하고 전면전이 아닌 국지전을 치를 경우 미국이 개입할 명분이 없을 것이오."

박헌영은 남로당의 역량으로만 남조선을 해방하고 싶었지만 김일성의 제의는 거부할 수 없는 것이었다. 실제로 정규군이 국지전을 벌일 경우 남한의 군대와 경찰력을 붙들어 맬 수 있으며, 미국이 개입할 명분이 없을 것이다. 또한 무엇보다 전면전에 비해 희생을 줄일 수 있을 것이다.

남조선해방이라는 거대한 목표를 두고 개인 욕심만 주장할 수 없는 둘은 8~9월에 빨치산 유격대와 20만 남로당 지하당원들이 방송국과 기관 등을 점령하여 혁명을 일으키면 인민군대가 국지전을 일으켜 남한군과 경찰의 힘을 분산하는 혁명 방안에 합의했다. 이는 남한해방혁명을 남로당이 주도하고 인민군은 도움을 주는 형식이었다. 만약 혁명에 성공할 경우 박헌영의 남로당은 남한에서 패권을 유지하고 연방정부를 수립할 수 있을 것이다. 이는 박헌영이 오로지 바라는 통일 방식이었다. 남로당이 주축이 된 통일 방식에 김일성이 어떤 의도를 가지고 동의를 했는지 알 수 없지만, 김일성은 능수능란한 인물이다. 남로당의 주장을 받아들이는 척하며 결국은 자신의 의지를 관철하려는 계획표가 이미 그의 머릿속에 그려져 있었다.

김일성과 박헌영이 합의한 내용은 곧 남로당과 북로당에 전파되었고, 남로당 간부들은 과연 김일성은 사심이 없는 인물이라며 크게 환영했고, 북로당 간부들은 협상 결과에 불만을 품었다. 하지만 남조선 통일 혁명 과업을 앞에 두고 종파 행위를 할 수는 없었다. 남로당과 북로당 간에 남조선혁명 방식이 채택되었지만 힘의 중심축은 소련이었다. 소련의 동의 없이는 전면전이든 국지전이든 불가능했다.

둘 간에 합의된 내용은 즉시 소련 대사 스티코프에게 전달되었고, 스티코프 대사는 모스크바에서 승인하지 않는다는 통보를 했다. 김일성과 박헌영은 스티코프 대사를 직접 방문해 국지전 계획을 설명하고 동의해 줄 것을 재차 요청했지만, 모스크바의 반대 의사를 전달할 뿐이었다. 박헌영으로서는 참으로 난감한 문제였다. 만약 인민군이 통일전쟁의 주력이 될 경우 남한 내에 남로당 정권을 수립하는 일은 요원한 문제다. 통일 주체세력은 김일성을 중심으로 한 북로당이 될 것이며, 통일 후 자신의 입지는 불을 보듯 뻔할 것이다.

박헌영의 의도를 모를 리 없는 김일성이 남로당 중심의 통일 방안에 합의해 준 이유는 무엇일까? 김일성은 오래전부터 남한 통일 방안과 관련하여 소련 측과 긴밀한 협의를 해오고 있었다. 국지전 방식의 전쟁은 불가하다는 것이 모스크바 고위층의 입장이었다. 박헌영과 국지전에 합의하며 이미 소련에 의해 거부될 것임을 그는 알고 있었다. 남로당에는 자신이 사심이 없음을 보여주고 소련을 통해 국지전을 무력화시키는 일석이조의 전략을 처음부터 그는 구상하고 있었던 것이다.

소련의 반대로 국지전을 실행에 옮기지 못하고 있을 무렵, 박헌영이 호언장담한 남조선혁명의 결정적 시기인 1949년 8~9월의 대공세가 점차 실패로 드러나고 있었다. 남한의 이승만 정권은 남한 내 남로당 지하 조직원 검거에 총력을 기울였고, 빨치산 유격대가 토벌되고 있다는 소식이 이북으로 날아들었다. 보고를 받은 북한 지도부는 더 이상 박헌영의 말을 믿지 못하겠다는 태도를 취했다.

조선인민군 총참모장 강건은 1949년 11월 중순에 강동정치학원에서 박헌영의 남조선혁명 전략에 대해 강도 높은 비판을 가했다. 강동정치학원은 박헌영의 성지와도 같은 곳이다.

"남조선해방과 통일은 오직 인민군대의 선면 진격으로 기능하다. 박헌영 동지는 호언장담했지만 결과는 실패였다. 더욱이 그릇된 노선으로 동지들을 좌경 모험주의로 몰아넣었다. 지금이라도 남조선 지하 대원들은 무모한 소모전을 그만두고 때를 기다려야 한다. 주력인 인민군대가 이남으로 진격하면 그때 비로소 남조선 빨치산과 지하당원들이 지서를 습격하고 파업을 주도해 인민군대의 진격 성과를 보장해야 한다."

강건은 장장 4시간 동안이나 박헌영의 혁명 전략 노선을 무차별적으로 공격했다.

조선인민군 총참모장 강건의 도발적인 발언을 전해 들은 박헌영과 이승엽 등 남로당 지도부는 노발대발했지만, 그 시간에도 이남에서는 연일 남로당 지하당원들이 잡혀 들어가고 빨치산이 토벌되는 등 남로당은 형체도 없이 괴멸되고 있었다.

하지만 김일성은 박헌영을 무시하지 않았다. 남조선혁명에서 남로당의 존재와 역할은 여전히 무시할 수 없는 힘이었기에 남로당이 대열을 다시 가다듬을 수 있도록 박헌영을 도와주었다.

김일성의 지대한 지원에도 불구하고 1950년 3월에 충격적인 사건이 터졌다. 남로당 서울 지도부장인 김삼룡과 이주하가 체포됨으로써 서울 지도부가 완전히 와해되었다. 더 이상 두고 볼 수 없던 박헌영은 조직을 재건하기 위해 아끼던 800여 명의 병사들을 태백산과 오대산으로 급파했다. 이들 부대와 지리산의 이현상 부대를 연계하겠다는 계산이었지만, 이들은 그곳에 닿기도 전에 토벌되고 말았다. 그러자 김일성 측근 중 강경파에서 박헌영에 대한 비판이 강도 높게 제기되었으며, 더 이상 박헌영은 이들의 비판을 버텨낼 재간이 없었다. 남로당 조직이 하루가 다르게 위축되고 있는 것은 분명한 사실이기 때문이다.

노동당 중앙 정치위원회 확대회의는 일방적으로 박헌영 비판 일색이었다. 그에게는 발언권도 주어지지 않았다. 굴욕을 꾹 눌러 참던 박헌영이 발언권도 얻지 않은 채 벌떡 일어나,

"아직도 전남과 경남·북 지역에는 20만 명의 남로당원이 남아있다."

고 하자, 말이 끝나기 무섭게 여기저기서 더 이상 못 참겠다는 듯 고성이 터져 나왔다.

성미가 불같은 오백룡이 자리에서 벌떡 일어나 박헌영에게 삿대질했다.

"당신 말을 더 이상 어떻게 믿겠는가? 전남도당, 경남도당, 경북도당이 살아 움직이고 있느냐? 도당에서 올라온 보고서라도 있느냐?"

소리를 질렀고, 대남 연락부장을 맡고 있던 임해가,

"20만 명이 있다면 도당 통계 보고서라도 가져와라."

며 쏘아붙였다.

김일성은 회의 진행을 조용히 지켜볼 뿐 가타부타 말이 없었다. 오백룡이 박헌영을 쏘아보며 비판하려 하자 김일성이 손을 저으며 제지했다.

"아, 그렇다면 믿어야지. 그렇게 하면 되겠는가?"

궁지에 몰리고 있는 박헌영을 김일성이 옹호하고 나서자 중앙위원들이 굳게 입을 다물었다.

회의는 김일성이 의도한 대로 진행되고 있었고 김일성이 의도한 결론을 도출했다. 남조선해방의 주력은 인민군이고 남로당은 보조를 취하는 것으로 역할이 완전히 뒤바뀌었다. 김일성이 처음부터 염두에 두었던 남조선해방 방식이었다.

남조선해방 투쟁 방식에 대한 합의가 이루어지자 전쟁 개시에 대한 소련과 중국의 동의를 끌어내는 것이 중요한 화두로 대두되었다. 지도부는 김일성과 박헌영을 소련과 중국으로 파견하기로 결의했다. 남로당이 힘을 잃고는 있지만 박헌영은 소련과 중국에 막강한 인맥을 가지고 있는 대내외적인 2인자였다.

김일성과 박헌영으로부터 전쟁 계획을 전해 들은 스탈린의 표정이 한동안 어두웠다. 그는 통일 혁명 방안에 대해서는 찬성했지만 시기를 문제 삼았다.

"남조선 통일 혁명 과업은 미룰 수 없는 문제인 것은 틀림없는 사실이오. 그런데 그 시기가 문제요."

스탈린은 사회주의 연대의 한 축을 달성하는 남조선혁명 과업은 찬성하지만 미군의 개입을 우려하고 있었다. 그는 남조선에서 미군이 철수하고 난 후를 남조선혁명 시기로 보고 있었던 것이다.

김일성이 스탈린의 의도에 동조했다.

"스탈린 동지의 의견에 저희도 이견이 없습니다. 남로당은 남조선에서 미군 철수를 위해 힘 있게 혁명 과업을 수행해 왔습니다. 미군 철수를 위해서는 남로당이 건재해야 하지만 지금 남로당은 거의 괴멸 직전에 처해 있습니다."

박헌영이 개입하려 들자 김일성이 말을 자르고 들어왔다.

"남로당이 힘 있게 남조선혁명 과업을 수행하려면 조직을 정상화해야 하는데 앞으로 몇 년이 걸릴지 알 수가 없고, 이승만은 눈만 뜨면 북진통일을 외치고 있습니다. 자칫 지체하다가 미군의 비호하에 저들이 북침한다면 북조선의 앞날을 장담할 수 없습니다."

스탈린이 고개를 끄덕이며 박헌영을 바라보았다.

"박헌영 동지, 지금 남로당의 형세가 어떻소?"

"예, 스탈린 동지. 현재 남로당이 어려운 처지에 놓여 있는 것은 사실입니다만 아직도 빨치산과 전남·경남도당은 건재합니다. 다만 김일성 수상 동지께서 지적하신 대로 미군을 철수시키려면 얼마간의 시간을 두고 조직을 재건해야 할 필요성은 있다고 보고 있습니다."

박헌영은 스탈린과 김일성을 앞에 두고도 국지전에 미련을 버리지 못하고 있었다. 회의는 2시간을 넘기고 있었고 스탈린이 마지막 질문을 던졌다.

"김일성 동지, 만약 미군의 개입이 있을 경우 어떤 대안을 가지고 있소?"

"미군이 개입하지 못하도록 전쟁을 3개월 내 끝낼 것입니다. 남조선에 혁명 정부가 들어서기만 한다면 미군이 한반도에 발을 들여놓을 명분이 사라질 것입니다."

장시간의 대화 끝에 스탈린은 한마디로 요약하여 사신의 심경을 메모지에 적었다.

[성공이 보장되면 우리는 동의]

결정 과정은 쉽지 않았지만 결론이 나자 스탈린은 대규모 군수 물자를 지원해 주기로 약속했다.

스탈린을 접견하고 김일성과 박헌영은 모택동을 방문했다. 전쟁 계획을 전달받은 모택동은 두 말 않고 흔쾌히 동의했다. 그는 미국의 개입을 개의치 않는 듯했다. 김일성이 6개 사단을 보내 달라고 요청했는데 모택동은 9개 사단을 보내주겠다며 통 큰 지원을 약속했다.

김일성이 무력 침략 기본 전략을 모택동에게 설명했고, 남조선혁명 세력을 대표하는 박헌영은 남로당의 전략을 설명했다.

"인민군이 남으로 밀고 내려와 서울만 점령하면 모든 것이 해결됩니다. 서울과 거리가 먼 전라남도나 경상남·북도는 20만 남로당원이 들고일어나 적의 후방을 교란하고 위아래서 협공하면 남조선해방 투쟁은 반드시 승리할 것입니다."

박헌영의 자신에 찬 어조에 모택동이 밝은 표정으로 물었다.

"남조선 내에 남로당원은 어느 정도입니까?"

"20만 명 정도가 조금 넘습니다. 그들은 남조선 국방군과 미군정 안에도 세포가 침투해 있으며 우리는 그들을 통해 이남의 군대 동향과 미군의 동향을 손바닥 보듯이 들여다보고 있습니다."

박헌영이 모택동에게 호언장담하고 있는 이유는 이미 대세가 결정되었지만, 국지전에 가느다란 희망의 끈을 놓지 않고 있었기 때문이다. 하지만 모택동은 국지전에 대해서는 언급하지 않고 흐뭇한 미소로 화답했다.

"이제 남조선만 해방하면 우리 사회주의 연대의 한 축을 완성하는 것이오."

소련과 중국으로부터 전쟁 승인을 받고 북한으로 돌아온 김일성과 박헌영은 전쟁 계획 수립에 여념이 없었고 이남의 정세를 면밀히 살피고 있었다. 미국은 이승만 정권의 북진통일을 승인하지 않고 있었지만, 어느 날 갑자기 승인할 수도 있는 정세였다. 적이 먼저 쳐들어오기 전에 남한으로 진격해야 했다. 이남의 정세를 세밀하게 살피던 중 하늘이 돕는 것인지 남조선 국방군 2개 대대가 38선을 넘어 월북하는 사건이 발생했다.

그들은 야간 훈련을 핑계로 병력 4백여 명을 인솔해 38선을 넘었고, 2대대장 강태무 소령은 다음 날 3백여 명을 이끌고 월북했다. 곧이어 비행기 3대와 배 2척이 이북으로 월북하였는데 이들은 군부대에 암약하고 있던 남로당 조직원들이었다.

이들의 월북으로 무엇보다 힘을 얻은 사람은 박헌영이었다. 박헌영은 드디어 남한 군대 내의 남로당원들이 움직이기 시작했다며 기뻐했고, 김일성도 혁명의 기운이 무르익었다고 판단했다.

박헌영은 국방군 내부에 심어놓은 남로당 조직이나 심지어 미군정 안에 심어놓은 남로낭원들을 통해 남한의 군내 동향을 시

시각각 보고받았다. 이들은 남한의 군대 동향을 손바닥 들여다 보듯 파악하고 있었지만 성급하게 실행할 수는 없는 일이었다.

남한의 구체적인 전력을 가늠하기 위해 개성, 양양, 옹진 등 38선 몇몇 지역에서 국지적인 도발을 시도해 보았다. 남한의 대응능력은 오합지졸 수준이었다. 작전 개념이 없었고 무기도 빈약했다. 남조선 군대가 미군의 도움을 받아 강해지기 전인 지금이 적기라고 판단한 김일성과 박헌영 단둘이 마주 앉았다.

김일성을 상기된 표정으로 바라보며 박헌영이 의미심장한 말을 던졌다.

"과일들이 무르익었습니다."

"그렇소."

"한창 무르익었을 때 따야지 적기를 놓치면 시들고 맙니다. 과일은 언제 따시겠습니까?"

"겨울은 눈으로 곤란하고 아무래도 여름이 좋지 않겠소?"

"여름은 장마철이라 곤란하지 않겠습니까?"

"그러면 6월로 잡고 늦어도 9월까지는 수확해야 합니다."

전쟁 일자를 확정하고 김일성과 박헌영은 1950년 5월 25일 각도 인민위원장과 도당위원장까지 참석한 대규모 정치위원회 확대회의를 개최했다. 그 회의는 전면 무력 남침이라는 거대한 계획을 알리고 지침을 내리는 자리였다. 무력 남침에 관한 주요 결정을 매듭지은 회의가 끝났고 시간은 전쟁을 향해 급박하게 흘러갔다.

　전쟁 준비를 하고 있던 김일성은 전쟁 발발 12일 전 정당·사회단체 연합회의에서 소위 평화 통일 추진 호소문을 발표했는데, 이는 등 뒤에 시퍼런 칼을 감춘 채 평화를 외치고 다닌 것이다.

　최종 비밀 군사 작전 회의 후 김일성과 박헌영이 마주 앉았다. 마지막으로 디데이를 정하기 위한 만남이었다.
　"이론가 동지, 이제 모든 준비를 마쳤습니다. 날짜만 잡으면 됩니다."
　"김일성 동지께서 6월 말로 예상하고 있지만, 요즘 이해할 수 없는 일들이 벌어지고 있습니다."
　"이해할 수 없는 일이라니요?"
　"6월 20일 1군단장 참모장 황성복이 행방불명되었다는 보고를 받으셨습니까?"
　"그런 일이 있었습니까?"
　"아직 보고를 받지 못하셨군요?"
　"내가 지금 보고서를 읽어볼 틈이 없어서요."
　"그리고 중부 전선에서 하사관 3명이 남한으로 넘어갔는데 남조선에서 심어놓은 세포로 밝혀졌습니다. 그리고 전방 탱크사단 지휘부 참모 한 명도 행방불명이 되었다는데 세 건의 사건이 하루에 일어났습니다."
　"그렇다면 정보가 새 나갈 수도 있다는 말이시요?"

"그렇습니다. 가급적이면 빨리 디데이를 실행해야 할 것 같습니다."

김일성과 박헌영이 남침 날짜를 저울질하고 있을 때 남한에서는 국방 비상 경계령을 해제하고 장교와 사병들의 휴가를 실시했고, 24일 저녁에는 육군회관 준공 축하 파티가 열린다는 정보가 들어왔다. 그 모임은 미군의 군사고문단은 물론 남한군 수뇌부가 모두 참석한다는 보고였다. 그렇다면 결론은 자명했다.

"6월 25일 새벽 4시가 어떻습니까?"

"좋습니다."

김일성은 일선 군부대에 작전 전투 명령 제1호를 발령했다. 제1호 명령은 6월 25일 새벽 4시에 남한을 전면적으로 공격한다는 명령이었다.

전쟁 전야인 24일 남침 5시간 전, 동해안 766 유격대 연병장에는 실안개가 내려앉아 음습한 분위기였다. 완전 무장을 한 600여 명의 유격대원들에게 경례를 받는 유격대장 오진우의 모습을 구별할 수 없을 만큼 안개는 점점 짙어져 갔다. 오진우의 목소리는 격앙되어 있었고 가늘게 떨림이 묻어 나왔다.

"위대한 남조선 해방운동이 시작되었다. 귀관들은 미제의 압제에 신음하는 남조선 동포의 해방과 조국 해방의 최전선에 선 전위대이다. 이곳은 남조선 해방운동의 불길이 처음으로 타오르는 역사적인 자리이고 그 불길은 조선 반도 전체로 번져나갈 것이다. 1중대는 강릉, 2중대는 삼척 일대 해안에 상륙하여 오대산과 태백산 일대 빨치산과 합류하여 남한군 8사단의 배후를 교란한다. Eh, 3, 4중대는 부산 인근의 해상에 상륙하여 남한의 모항인 진해를 접수하고 미군의 해안 상륙을 저지한다."

오진우는 최후 작전명령을 내리고 감격스러운 얼굴로 유격대원들에게 외쳤다.

"내의는 새것으로 갈아입었는가?"

"예!"

600여 명의 유격대원들이 우렁차게 대답했다.

"숭고한 죽음 앞에 한 치 오점도 남기지 말라! 북조선 인민공화국 만세!"

만세! 만세!

600여 명이 동시에 내지르는 함성이 어두운 밤하늘을 뒤흔들었다.

"위대한 남조선 해방혁명 만세! 출동하라!"

오진우의 출동 명령이 떨어지자, 해안에 대기하고 있던 1,000톤급 배에 유격대원들이 승선했고 어둠을 뚫고 38선을 넘었다.

유격대원을 태운 배가 동해안 옥계 해안에 300여 명을 상륙시키고 부산으로 향할 때까지 남한은 나른한 일요일 새벽잠 속에 빠져있었다. 그것은 해군도 마찬가지였다. 적함이 출항하여 옥계 해안에 300명을 상륙시키고 무려 9시간이 지날 때까지 어디에서도 적함을 포착하지 못했다. 묵호 경비대의 다급한 보고를 시작으로 백두산함 승조원들이 출동 명령을 받은 시간은 25일 오전 8시 무렵이었다.

백두산호의 함장 최용남 중령은 작전 및 실무에 뛰어난 군인이었다. 북한으로부터 무력 남침의 징후를 감지하고 있던 그는 일요일이었지만 자신을 비롯해 누구도 함선에서 내리지 못하도록 명령했다. 즉각 출동 태세를 갖추고 있었던 덕분에 곧바로 부산 쪽 공해상으로 진출할 수 있었는데, 출항을 서두르는 사이 라디오 뉴스에서는 북한 인민군이 전면 남침한 사실이 흘러나왔다.

"이건 훈련이 아니고 전쟁이다!"

두 주먹을 불끈 쥐고 승조원들 앞에서 출동 태세를 점검하며 외쳤다.

일찌감치 떠오른 태양이 바다를 형광색으로 물들였고 백두산호가 눈부신 포말을 일으키며 공해상으로 힘차게 전진했다.

출항 10시간 무렵 부산 동북쪽 공해상에서 검은 연기가 솟아올랐다. 검은 연기가 피어오르는 곳을 망원경으로 바라보던 최함장은 연기의 규모로 보아 어선도 아니고 화물선도 아닌 것으로 판단했다. 공해상에서 남쪽으로 향하고 있으니 분명 이북의 괴선박이 틀림없었.

어둠이 깔리기 시작한 회색 바다를 백두산함이 20여 분간 항진하자 괴선박과의 거리가 5킬로미터로 좁혀졌다. 통신병이 국제 발광 신호를 발신했다.

"JF(귀선의 국적을 밝혀라)"

몇 차례 신호를 더 보냈으나 괴선박에서는 아무런 반응을 하지 않았다.

"NHIJPO(귀선의 국기를 게시하라)"

…

"IJG(언제 어느 항구를 출항하였는가?)"

…

"LDO(목적지는 어디인가?)" …

최 함장은 괴선박이 1,000톤급이며 신호에 일체의 대응이 없다는 사실을 상부에 보고했다. 상대 선박에서 먼저 발포하지 않는 한 발포권이 없는 최 함장은 괴선박을 따라가며 위협적인 신호를 보낼 뿐이었다.

"K(정지하라)"

"OL(정지하지 않으면 발포하겠다)"

그렇게 2시간 동안 괴선박을 따라다니며 신호를 보냈지만, 상부에서는 격침 명령이 내려오지 않았다. 북한의 선박임이 틀림없었지만, 발포 명령이 내려오지 않자, 최 함장은 괴선박에 배를 바짝 붙이도록 명령했다.

백두산함의 모든 불빛을 끈 채 괴선박에 조용히 접근해 100미터 거리까지 접근했을 때 최 함장은 자신의 눈을 믿을 수가 없었다. 가랑비에 젖은 어둠 속에서 선체 갑판에 300여 명의 무장병력이 유령처럼 백두산호를 노려보고 있었다.

배에 아무런 표지가 없고 무장병력을 태웠으며 함포까지 있는 배라면 망설일 필요가 없었다. 최 함장은 발포 명령을 내리며 가슴이 조여드는 느낌이 들었다.

백두산함을 미국에서 들여올 때 3인치 포탄 100발을 함께 들여왔지만 금쪽같이 귀한 포탄을 훈련에 쓸 수가 없어 100발이 그대로 보관되어 있었던 것이다. 실제로 포탄이 발사될 것인지 조마조마한 심정으로 발포 명령을 내렸지만, 명령이 떨어짐과 동시에 엄청난 굉음을 내며 포탄이 날아갔고 적함 주변에 물기둥을 일으켰다.

첫 포탄을 시작으로 적 함선에서 우두두 기관총을 쏘며 응사해 왔고 뒤이어 주포도 불을 뿜었다. 함선 사이에 엄청난 포탄이 교차했고 포탄이 터지며 물기둥을 일으켰다. 기관총 총알이 비 오듯 떨어졌지만 용감한 백두산호의 승조원들은 갑판 위를 뛰어다니며 맹렬하게 싸웠다.

하지만 어둠 속 격렬한 물결이 이는 바다에서 쏘는 포가 적함에 명중하기란 쉽지 않았다. 쏘아 올린 포탄은 괴선박 부근에 하얀 물기둥을 일으킬 뿐 배를 격파하지 못했다. 포 소리에 귀가 먹먹했고 어디에서 총알이 날아와 몸에 박힐지 알 수 없는 어둠 속에서도 최 함장은 두렵지 않았다. 두렵다기보다는 아군의 피해 없이 적선을 침몰시켜야 한다는 한 가지 생각만이 머릿속에 가득했다.

한참 교전 중인데 조타실에서 강력한 폭발음이 들렸고 배가 좌측으로 크게 기울었다. 적함에서 발사한 85미리 포탄 한 발이 조타실 밑 부분을 관통했고 김종식 소위를 포함한 4명이 부상했다는 급박한 보고가 올라왔다.

하지만 적탄을 맞은 부상병들은 마지막까지 자신의 소임을 다하려 했다. 복부 관통상을 입은 통신병은 피로 흥건히 물든 군복 상의를 손으로 누르며 임무를 수행했고 나머지 부상병들도 기관총을 잡고 적군에게 총알을 퍼부었다. 부하들이 죽음을 불사하고 용감하게 싸우는 모습에 뜨거운 눈물이 솟아올랐다.

적군에게 치명타를 맞기 전에 적선을 함몰시켜야 했다. 승조원들을 고기밥으로 만들 수는 없었다. 하지만 백두산함에 포탄이 얼마 남아있지 않았다.

"수평선을 때려라. 흘수 아래 구멍을 내서 격침하라!"

최 함장의 명령과 함께 발사된 포가 정확하게 수평선을 타격했다.

뒤이어 발사된 다른 폭탄이 기관실을 명중하자 적선은 검은 연기에 휩싸이더니 불길이 치솟았다. 불길은 순식간에 함교를 삼켜버렸고 선체가 서서히 기울기 시작하며 요란하던 기관총 소리가 멎었다.

"만세! 만세!"

승조원들은 서로 부둥켜안고 눈물을 흘리며 만세를 외쳤다.

38선에서 북괴군에게 힘 한번 써보지 못하고 남쪽으로 속수무책으로 밀리고 있을 때 부산 부근 공해상에서 6.25 전쟁 최초의 승전보가 울려 퍼지는 것이다. 만약 당시 적함을 침몰시키지 못했다면 300여 명의 북괴군들이 무방비 상태의 부산을 점령했을 것이다. 부산은 후일 미군을 비롯한 유엔군이 대한민국으로 들어오는 관문이었다. 만약 그 관문이 북괴군과 남로당원의 수중에 떨어졌다면 전쟁의 양상은 김일성과 박헌영이 예상한 대로 9월경에 끝났을지도 모르는 일이었다.

전면전 발발

한편, 38선에서 새벽의 어둠을 뚫고 한 개의 조명탄이 하늘 높이 치솟자 마치 화답이라도 하듯 반대편에서도 조명탄이 솟아올랐다. 전면적인 대남 전쟁의 서막을 알리는 조명탄이었다. 두 개의 조명탄이 솟아오르는 것을 시작으로 38도선 전역에서 인민군이 거대한 해일처럼 밀려들었다. 짙은 안개를 뚫고 280대의 전차가 캐터필러 소음을 내며 미끄러지듯 38선을 넘기 시작했고 그 뒤를 7개 보병사단 및 1개 기갑사단, 여러 특수연대와 1,600여 문의 대포가 뒤따랐다.

오전 5시 무렵 내리기 시작한 비는 잠시 후 폭우로 돌변하였고, 농무와 폭우, 짙은 녹음으로 시계가 가로막혀 국군이 이들을 포착하기가 쉽지 않았다.

38선을 넘은 지 1시간 30분이 지나고 최초의 교전이 시작되었다. 음양리 막창골로 침투한 적과 마주친 국군 6사단 2연대 1대대의 즉각적인 응사로 양 진영의 화기가 불을 뿜었다. 하지만 탱크와 후방의 포 지원을 받는 인민군 병력에 맞서는 것은 역부족이었다. 개전 20분 만에 남한 대대 병력은 많은 손실을 입은 채 후방으로 철수하기 시작했다.

알 수 없던 적군의 규모는 시간이 지나며 국군이 예상했던 것보다 엄청난 것이었다. 온다 온다는 소문은 무성했지만 실제로 대규모 도발을 하리라고 예상하지 못한 육군은 엄청난 혼란에 휩싸였다. 몇 시간 만에 서울 상공에 나타난 야크 전투기는 서울 시가지를 향해 기총소사하였고 김포 비행장을 폭격했다. 최신형 탱크와 강력한 대포로 무장한 인민군을 남한의 군대는 막아낼 수가 없었다.

당시 육군본부 정보국에는 장도영, 박정희, 김종필이 포진하고 있었는데, 육군본부 정보국으로,

"떨어집니다. 막 떨어집니다."

라는 다급한 전언이 전 전선에서 날아들었다.

전쟁의 기운은 전쟁 발발 10일 전부터 인지하기 시작했고, 당시 육군본부 정보국은 1949년 12월 27일 연말 종합 보고서를 통하여 북한의 남침 가능성에 관해 상세하게 보고한 사실이 있었다. 6월 24일 무렵에는 북한군의 긴박한 움직임을 보고받고 총참모장 채병덕은 전방에 경계 태세에 만전을 기하라는 명령을 하였고, 김종필이 38선의 전 전선에 걸쳐 전투사단과 전차포를 배치하여 오늘 밤이나 내일 공격해 올 것이라는 보고를 했다. 총참모장 채병덕은 정보장교들을 동두천, 포천, 개성 지구에 급파하여 정세를 정확히 수집하여 25일 오전 8시까지 보고하라고 지시하였다.

침이 바짝바짝 마를 정도로 긴박한 상황이었음에도 채병덕 총

참모장을 비롯한 육군 지휘부는 육군회관 상량식에 참석했다. 상량식 참석까지라면 이해 못 할 일도 아니다. 상량식이 끝난 후 장교 구락부에서 만찬을 즐기며 술을 마시고 댄스파티를 즐겼다. 만찬에서 총참모장 채병덕과 육군 지휘부는 2차, 3차까지 밤늦은 시간까지 술을 마셨고 만취했다.

채병덕 총참모장은 25일 새벽 2시에 귀가하여 잠들었고, 부관으로부터 전쟁이 발발했다는 보고를 받고도 아무런 조치도 취하지 않고 그대로 잠을 잤다. 그것은 비단 채병덕 총참모장뿐 아니라 육군 수뇌부 대부분이 전날의 과음으로 취침 또는 숙취 상태에 있었다.

그 시각 신성모 국방장관은 아예 연락이 두절되었다. 어디에서 휴일을 즐기는지 몰라도 전쟁이 났다는 뉴스가 났으면 당장 국방부로 달려와야 했다. 하지만 그는 한참 동안 연락이 되지 않았다. 헛소문인지는 모르지만, 전쟁이 난다는 정보를 미리 입수하고 일본으로 가족들을 도피시키기 위해 일본에 머무르고 있었다는 소문이 돌곤 했다. 만약 그 소문이 사실이라면 한 나라의 국방장관으로서 어처구니없고 비겁한 행위일 것이다. 하긴 그는 연락이 되었어도 별 도움이 안 되는 인물이었다. 그는 상선 함장을 하다가 느닷없이 국방장관으로 임명된 인물로 군사와 안보에 대한 지식이 전무한 사람이었기 때문이다.

총참모장 채병덕 역시 군대 내에서 대대장 지식도 없는 사람이라고 평가받는 인물이었다. 행방이 두절된 신성모 국방장관과 몽롱한 숙취 상태의 채병덕 총참모장으로 이어지는 군 수뇌부로는 혁명 열정으로 넘쳐나는 북괴군을 당해낼 수가 없었다.

전선에서 이어지는 급박한 보고에 어쩔 수 없이 일어난 채병덕 총참모장은 김종필을 호출하여 고함을 질렀다.

"전군에 비상하라."

군 지휘부가 상황을 파악했을 때는 이미 38선 전 전선이 무너진 채 북괴군이 10킬로미터 정도 남하하고 있었고 국군은 한없이 남쪽으로 후퇴를 거듭하고 있었다. 뒤늦게 전쟁 지휘부를 구성했지만, 작전 지휘권을 행사할 수가 없었다. 통신 수단이 마비되었으며 사단급 규모의 병력들은 풍비박산이 난 채 뿔뿔이 흩어져 병력 규모를 파악할 수 없었다.

채병덕 참모장과 신성모 국방장관이 참석한 비상 국무회의에서 설전이 벌어졌다. 국방장관의 전황 보고를 듣고 있던 각료들은 하나같이 한심하다는 표정이었다. 일국의 국방장관이 하는 전황 보고라고 하기에는 엉성해도 너무나 엉성했다.

"적이 남침을 개시했으나 조금도 걱정할 필요가 없다. 아침은 서울에서, 점심은 평양에서, 저녁은 신의주에서 먹겠다."

큰소리만 칠 뿐 구체적인 전쟁 계획은 제시하지 않았다. 결국 참다못한 외무장관 임병직은,

"신성모 이놈! 때려죽일 놈!"

고함을 지르며 팰 듯이 달려들자 전 국무총리 이범석이 제지했다.

"지금 각료들이 싸우고 있을 때요! 그리고 당신이 일국의 국방장관이 맞소?"

이범석의 핀잔과 제지로 중간에 보고를 묵살당한 신성모 국방장관의 얼굴이 벌겋게 달아올랐다.

"지금 북한 괴뢰군이 서울로 밀고 들어오지 못하도록 의정부에 외곽방어선을 쳐야 합니다. 만약 의정부 방어선이 뚫리면 제2, 제3의 방어선을 염두에 두고 작전을 수행해야 할 것입니다. 그리고 전황을 보아가며 서울을 사수해야 할지 천도해야 할지 결정해야 합니다."

이범석의 냉정한 전황 브리핑에 회의에 참석한 국무위원들의 표정에 긴장감이 돌았다.

그 시각 국회에서는 서울을 사수하느냐 마느냐로 격론을 벌이고 있었다. 국민을 대표하는 국회가 국민을 버리고 서울을 떠나는 것은 있을 수도 없다며 국회는 일백만 애국 시민과 같이 수도를 사수한다는 수도 사수 결의문을 채택했다.

하지만, 수도 사수 결의문을 전달하기 위해 경무대를 방문한 국회의장과 부의장은 결의문을 전달할 수가 없었다. 이 대통령이 벌써 서울을 버리고 도망갔기 때문이었다. 결의문을 전달할 수 없던 국회의장과 부의장은 산회를 선포하고 그들 역시 서울을 빠져나갔다. 수도 사수 결의문을 채택한 국회의원들도 황급히 귀가하여 가족들과 보따리를 싸 촌각을 다투며 서울을 빠져나갔다.

대통령과 정부, 의회의 고위층들 대부분은 서울을 탈출해 남쪽으로 향하고 있을 때 정부의 말을 믿고 서울을 빠져나가지 못한 시민들은 북괴군이 점령한 서울에서 갖은 고초를 겪게 된다.

976명이 피살되었고 2,500여 명이 납치되었으며 1,300명가량이 행방불명되었다.

하지만 후일 서울을 수복하고 대통령과 정부, 의회 고위층들이 서울로 들어왔을 때 피난을 떠나지 않았던 시민들에게 인민군에게 부역했다는 누명을 씌워 처벌했다. 서울을 지킨 애국자가 매국노로, 서울을 버리고 도망갔던 매국노들이 애국자가 되는 순간이었다.

적 치하에서 북한군에게 도움을 주었다는 이유로, 또는 누명으로 남자 16명, 여자 4명이 공개 처형된 것이 시작이었다. 그들은 공개처형을 당했는데, 공개처형 당시의 상황에 대해 AP통신은 이렇게 보도하고 있었다.

1950년 11월 5일 서울 서쪽 6킬로미터 신화봉 언덕 기슭에 한 대의 트럭이 멈춰 섰다. 트럭에서 내리는 사람들은 부역으로 사형을 언도 받고 서대문교도소를 떠난 사람들이었다.

트럭이 언덕 기슭에 멈춰 서자 길이 3미터, 폭 1.5미터, 깊이 1미터가량의 구덩이가 이들을 기다리고 있었다. 트럭에서 내려 구덩이를 발견한 남자와 여자 중 울지 않는 사람들이 없었고, 깊이 절망하며 이제는 끝장이라고 울부짖었다. 총으로 무장한 군인들이 이들에게 구덩이 속으로 들어갈 것을 지시하자 일제히 통곡이 터졌다.

30대의 흰옷을 입은 여성은 울부짖으며,

"마지막 소원이니 한마디만 들어주시오. 나는 못된 엄마지만 아이들만은 잘되기를 바랍니다. 제발 아이들에게는 온정을 베풀어 주세요."
라며 절규했다. 중년의 남자는 국군의 바짓가랑이를 부여잡고,
"단 하루만이라도 좋으니 하루만 기다려 주시오. 내일이면 내가 결백하다는 것을 꼭 알게 됩니다. 제발 하루만, 하루만 시간을 주십시오!"
처절하고도 애달픈 절규였다. 사형수 중에는 18세 소녀도 있었는데 그녀는 땅에 무릎을 꿇고 눈을 감고 기도를 했다. 기도 소리는 알아들을 수 없을 정도로 부들부들 떨렸다.
"하늘에 계신 예수님, 당신의 딸을 불쌍히 여겨주옵소서."

상상해 보라. 죽음 앞에 누군들 의연할까마는, 잠시 후 구덩이로 들어가면 얼굴에, 머리에 총알이 박히고 구덩이 속에 파묻힐 것이다. 피가 마르고 견딜 수 없는 공포에 사로잡히는 것은 너나 할 것 없이 같을 것이다.
내일이면 나의 결백이 밝혀질 거라며 거듭 하루만 기다려 달라고 애원하고 있었지만, 시간은 그들의 편이 아니었다. 그들이 구덩이로 들어가자, 머리에 조준사격이 가해졌고, 아직 총알을 받지 않은 사람들은 쓰러진 사람들을 내려다보며 머리를 감싼 채 반미치광이가 되어 몸부림을 쳤다. 확인 사살을 마치자, 구덩이는 피로 붉게 물들었으며, 20여 구의 구겨진 시신 위로 흙이 쏟아져 내렸다.
수도 사수 결의문을 전달하기 위해 신익희 국회의장과 조봉암

부의장이 경무대를 방문했을 시각, 이승만 대통령은 5명의 수행원과 프란체스카 여사만 대동한 채 대전행 열차에 몸을 싣고 있었다. 침략받은 국가 원수가 담요 한 장과 쌀 한 가마니에 해당하는 5만 환을 들고 호위 병사도 없이 피난을 떠난 경우는 세계 역사상 유례가 없는 일이었다.

기관차 1량에 2량의 객차가 달린 낡아빠진 3등 열차의 유리창은 깨져있었다. 깨진 유리창으로 비가 들이쳤고 시트도 없는 나무 의자에 파나마모자와 선글라스로 변장한 노인이 진해로 향하고 있었다.

대구에 도착하자 이승만 대통령은 심하게 자책했다. 북한군의 진격 속도로 보아 대구까지 오려면 한참의 시간이 걸릴 것인데 너무 빨리 후방으로 도망한 것이 마음에 걸린 것이다. 그는,

"내가 평생 처음으로 판단을 잘못했다. 여기까지 오는 게 아니었다."

고 자책하며 열차를 되돌릴 것을 지시했다.

열차를 되돌려 대전에 도착하자 이미 도망 와 있던 3부 요인과 정부 수뇌부들이 이승만 대통령을 맞았다. 그곳에는 미 대사관 드림라이트 참사관도 있었는데, 이승만 대통령은 참사관에게 강력한 불만을 표출했다.

"내가 그만큼 북괴의 침략을 경고하고 당신들한테 무기를 달라고 요구했지만, 당신들은 무시했소. 당신들은 우리가 침략을 받으면 도와주겠다고 하지 않았느냐? 그런데 지금 미군은 어디에 있는가?"

이승만 대통령은 그동안 미국에 악감정이 많았다. 전쟁이 발발했다는 보고를 받고 그는 즉시 도쿄의 맥아더 장군에게 전화했다. 남한 대통령이라는 사실을 알렸고 북괴의 남침을 알렸지만, 부관은 주무시는 맥아더를 깨울 수가 없다며 전화를 바꿔주지 않았다. 전쟁이 터진 대한민국 대통령의 전화를 잠을 잔다는 이유로 바꿔주지 않는 부관의 태도에 노 대통령의 몸이 부르르 떨렸다. 작은 나라지만 일국의 대통령이, 그것도 비상사태에서 전화했는데 잠을 잔다고 전화를 바꿔주지 않는 부관의 태도는 오만방자한 것이었다.

이승만 대통령의 목소리는 흥분으로 떨리고 있었다.

"좋소! 계속하여 주무시라고 하시오. 하지만 이것만은 꼭 전하시오. 당신이 주무시는 시간 동안 대한민국에 있는 미국인들의 목숨이 하나씩 사라진다는 것을 명심하라고 전하시오."

이승만 대통령은 전화통을 내동댕이쳐 버렸다. 하지만 맥아더의 부관에게 협박한 내용은 일국의 대통령으로서 해서는 안 될 말이었다. 이런저런 악감정을 미 대사관 참사관인 드림라이트에게 쏟아부었지만, 드림라이트의 태도는 침착했다.

드림라이트가 이승만에게 한 통의 서신을 건넸다. 서신에는 짤막한 한 줄의 글이 쓰여 있었다.

"Be of good cheer!(힘내십시오.)"

그 서신은 맥아더 장군이 보낸 것이었다. 불만을 표출하던 대통령의 얼굴에 금세 기쁨과 희망이 흘러넘쳤다. 간략한 메시지의 의미는 대한민국을 포기하지 않겠다는 원조 의사를 표시한 것이었고, 그것은 절망적인 상황을 역전할 수 있는 유일한 것이었다.

인천상륙작전

대한민국 군 수뇌부는 패잔병들을 수습하여 의정부 창동을 최후 저지선으로 삼았다. 채병덕 총참모장은 의정부를 지키는 사단장 및 각 군 지휘관을 세워두고 도로 좌측에서 우측으로 선을 그으며 소리를 질렀다.

"이 선을 넘는 자는 총살하겠다! 내일이면 미군이 참전하니 창동 방어선을 목숨 걸고 지켜야 한다!"

부하들에게는 목숨을 지켜 창동 방어선을 지키라고 해놓고 자신은 육군 1호 차를 타고 후방으로 급히 돌아갔다.

의정부에서 서울까지는 17킬로미터 거리이다. 경원 가도가 남북으로 나란히 통하고 있는 그곳은 38선에서 서울로 이르는 관문이다. 창동 저지선을 서울 점령 주공선으로 잡은 북한은 최정예 부대인 제3, 4사단과 제105 기갑여단의 주력을 서울의 정수리인 이곳으로 집결시켰다. 남한군은 창동 방어선의 제1선에 전투부대를 배치하고 제2선에 독전대를 포진시켰고, 제3선에 헌병을 투입하여 병력이 후퇴하지 못하도록 했다.

27일 04시에 적의 주력군이 창동 방어선으로 밀려들자, 제1, 2, 3선이 한꺼번에 무너져 뒤죽박죽 미아리 고개로 퇴각하기 시작했다.

군 수뇌부는 미아리를 또다시 최후 저지선으로 삼았는데, 미아리는 창동에서 후퇴해서 들어오는 군인과 피난민이 도로와 산과 들까지 가득 메우고 있었다. 미아리 종암동, 월곡동, 청량리로 이어진 최후의 미아리 저지선이 형성되자 여학생들은 위문품을 가지고 나와 군인들에게 나누어주었고, 애국부인회에서는 주먹밥을 가지고 나왔다. 여류 시인 모윤숙은,

"국군 장병 여러분, 서울을 빼앗기면 우리는 어떻게 합니까? 끝까지 싸워서 적을 물리쳐 주십시오!"

라며 지프를 타고 마이크를 들고 외쳐댔다.

하지만 북한군 정예를 맞은 미아리 전선은 단 한 번 밀려온 파도에 모래성 무너지듯 괴멸하고 말았고, 최후 저지선을 뚫은 북한군은 이제 서울로 진격하고 있었다. 서울은 그야말로 풍전등화였다.

전쟁 개시 3일 만인 28일 북괴군이 서울을 점령하자 천지가 뒤집힌 놀라운 세상이 펼쳐졌다. 주요 기관 요소요소에 전차가 포진되었고, 서울 시내 곳곳에 인공기가 걸렸다. 서대문형무소에 수감되었던 죄수들이 거리로 쏟아져 나와 인민공화국 만세를 외쳤다. 조선인민공화국 만세, 조선인민군 서울 진주 환영이라고 적은 현수막을 들고 행진하는 무리가 시가지를 누볐다. 서울은 순식간에 붉은색으로 물들었고 남로당원 및 좌익들의 세

상이 되었다.

　김일성은 전쟁을 일으킨 다음 날 지시를 통해 후방을 철옹성 같이 다지려면 반동분자를 적발하여 가차 없이 숙청해야 한다는 훈령을 내렸다.

　북괴군은 남한 사정에 밝은 남로당원과 좌익의 도움을 받아 국군 장교와 판검사를 찾아내 그 자리에서 처형했고, 면장, 동장, 반장 등은 인민재판을 거쳐 죽창이나 칼·낫으로 난도질하여 처형했다. 그렇게 한국전쟁 기간 인민군과 좌익에 의해 학살당한 민간인은 총 12만여 명에 이른다.

　인천도 예외가 아니었다. 남로당과 빨치산이 폭동을 일으켜 인천을 해방구로 만들었으며, 색출된 반동분자를 무자비하게 난자했다. 같은 민족에 의한 학살 규모로 6.25 전쟁만큼 대규모 학살극은 인류역사상 없었고 앞으로도 없을 것이다.

　서울을 점령한 인민군은 더 이상 남하하지 않고 서울을 사수하고 있었고, 겁에 질린 서울 시민들은 뗏목이나 나룻배를 타고 한강을 건너기 위해 아비규환을 이루고 있었다.

　파이프 담배를 입에 문 장군이 피난민들로 넘쳐나는 한강 이북을 조용히 주시하고 있었다. 견장에서 번쩍이는 다섯 개의 황금별과 황금색 지휘봉이 햇살을 받아 유난히 번쩍거렸다. 6.25 전쟁 영웅 맥아더 장군이었다.

　한국 대통령은 대전으로 이미 도망갔고, 고위층 인사들 또한 서울을 버리고 남쪽으로 도망갔는데 원수 계급을 단 그가 무엇 때문에 위험한 전선에 나타난 것일까? 인민군 침공으로 거의 정신이 나가버린 한국인들이 정신을 차리려면 원수 자신이 전투 현장에 서야 했으며, 나라가 망했다며 절망하고 있는 한국인들에게 희망을 줄 필요성이 있었다. 실제로 미국 원수인 맥아더가 한강 전선으로 시찰을 나왔다는 사실을 알게 된 한국군들은 사기가 올랐다. 또한 한강변에 서서 침략군 진영을 바라보는 맥아더의 용기는 전 세계로 타전되었다. 후일 유엔군이 창설되고 세계사에 유례가 없는 16개국에서 군대를 보내왔고, 8개국에서는 의료, 보급품 등을 보내오는 계기가 되었던 것이다.

그는 한강 이북을 바라보며 대한민국의 방위 능력이 완전히 상실되었음을 눈으로 확인했다. 인민군이 한반도의 남쪽 끝 부산까지 밀고 내려오는 것을 도저히 막을 수 없을 것이라는 생각이 들었다. 수행원 10명을 대동하고 한강 이북을 주시하던 맥아더 장군이 갑자기 참호 쪽으로 걸음을 옮겼다. 참호 안에는 일등중사가 황량한 개인호 안에서 한강 이북을 노려보며 경계근무를 서고 있었다. 맥아더 장군이 물었다.

"하사관! 자네는 언제까지 그 호 속에 있을 것인가?"

하사관은 부동자세로 카키복 깃에 별 다섯 개를 단 원수에게 또박또박 대답했다.

"옛! 각하도 군인이시고 저 또한 대한민국의 군인입니다. 군인이란 명령에 따를 뿐입니다. 저의 상사로부터 철수하라는 명령이 있을 때까지 이곳을 지킬 것입니다."

맥아더 장군이 두 눈을 반짝이며 물었다.

"그 명령이 없을 때는 어떻게 할 것인가?"

"옛! 여기서 죽음을 맞이할 것입니다."

70대의 노 원수가 하사관을 끌어안으며 감격에 찬 어조로 소리쳤다.

"장하다! 그대가 진정한 군인이다. 다른 병사들도 귀관과 같은 생각을 지니고 있나?"

"옛! 그렇습니다, 각하."

"참으로 장하다! 여기서 자네들같이 훌륭한 군인들을 만나다니! 지금 소원은 무엇인가?"

"옛! 우리는 맨주먹으로 적들과 싸우고 있습니다. 전차를 몰고 오는 북괴군에게 대항할 수 있는 무기는 소총뿐입니다. 전차를 까부술 무기와 탄약을 주십시오."

목소리를 떠는 하사관의 두 눈이 붉게 변하며 눈물이 고여왔다. 맥아더는 감격에 찬 표정으로,

"알겠네! 하사관! 내가 여기까지 온 보람이 있었군!"

통역관에게 지시했다.

"통역관, 이토록 씩씩하고 훌륭한 병사에게 내 말을 그대로 전해 주시오. 내가 도쿄로 돌아가는 즉시 미국 지원군을 보내줄 것이니 그때까지 용기를 잃지 말고 용감하게 싸우라고…"

하사관과 주변 병사들은 뜨겁게 흘러내리는 눈물을 소매로 닦았고, 맥아더는 그들의 손을 일일이 잡아주며 격려했다. 그곳에 있던 미군들이나 한국군 장성들도 뜨겁게 흘러내리는 눈물을 감추어야 했다.

물론 이름 없는 병사의 영웅적인 행동으로 미 지상군이 투입된 것은 아니었을 것이다. 하지만 알 수 없는 일이다. 인간 사회가 모두 높은 곳에서만 중요한 결정이 나는 것은 아니기 때문이다. 당시 맥아더와 대화를 나누었던 이름 없는 무명의 군인이 풍전등화 앞에 조국을 지켜낸 일등 공신이었는지도 모를 일이다.

태평양 전쟁을 승리로 이끈 미군은 세계 최강의 군사력을 자랑하는 군인들과 무기로 무장되어 있었기에 북조선 군대들은 미군복만 보고도 지리멸렬 도망갈 것으로 생각했다. 하지만 그것은 오만한 발상이었고 착각이었다.

신념에 찬 스미스 중령이 이끄는 스미스 부대는 부산으로 상륙하여 거침없이 내륙으로 진격했다. 진격 도중 북한군을 만났는데 그들은 미군을 보고 도망가기는커녕 무서운 기세로 덤벼들었다. 실제로 전투가 벌어지자 도망간 것은 미군들이었다. 미군들은 참호에서 이탈하여 총을 버리고 도망갔고, 장교들과 하사관들만이 북한군에 맞서 싸웠고 전원이 몰살하여 최초 미군 전투는 참담한 패배로 끝이 났다. 미군과 국군은 패배를 거듭하며 금강으로 밀려났고 그 과정에서 미군 사단장을 비롯한 연대장 등 각급 지휘관들이 포로로 잡히거나 전사하는 일이 발생했다.

20일 대전이 북괴군의 수중에 떨어지자, 김일성과 박헌영이 수안보까지 극비리에 내려와 전선 회의를 주재했다. 김일성은 각급 지휘관들에게 8월 15일까지 최후 목표인 부산을 점령해

1950년 광복절을 남조선 해방일로 만들라고 명령했다. 김일성과 박헌영이 수안보에서 작전회의를 하는 그 시각, 번쩍거리는 구두를 신고 카키색 견장에 별 5개를 단 오성장군이 미8군 사령부 정문을 통과하고 있었다.

맥아더는 8군 사령관 워커와 유엔군 총사령관 겸 극동군 총사령관 참모장인 아몬드 장군 등 셋이 90분간 극비 대화를 나누었다.

"미8군 사령부를 부산으로 옮기고 낙동강을 최후 저지선으로 삼으려고 합니다."

미8군 사령관 워커의 힘없는 보고에 맥아더는 아무런 말을 하지 않았고 책망도 하지 않았다. 맥아더는 북한군의 남하를 지연시킨 미 24사단과 국군 수도사단의 공로를 치하할 뿐이었다. 그는 이어서 전선 사수 훈령을 지시했다.

"우리는 시간과 싸우고 있다. 북한군이 부산을 점령하느냐 아니면 증원군이 먼저 도착하느냐가 이번 전쟁의 승패를 좌우할 관건이다. 낙동강 전선은 어떤 일이 있어도 사수해야 한다. 우리의 후방에는 더 이상 구축할 진지가 없다. 부산으로 철수한다는 의미는 사상 최대의 살육을 의미한다. 우리는 최후까지 싸워야 한다. 포로가 되는 것은 차라리 죽는 것보다 못하다. 우리는 최후의 방어선인 낙동강 전선을 목숨 걸고 사수할 것이다."

맥아더의 훈령이 시달되자 미군들은 동요하기 시작했다. 이 명령은 실행이 불가능하며 한국을 위해 우리 미국인들이 귀중한 피를 흘려가면서 지켜야 할 가치가 있는가? 이것은 인권침해요, 민주주의의 위기라며 반발했다. 그에 대해 맥아더의 한마디는 단호했다.

"군대에는 민주주의가 있을 수 없다. 오직 명령과 복종만이 있을 뿐이다."

서울이 북괴에게 탈환되었을 때 한강 이북을 바라보던 맥아더는 이때 이미 인천상륙작전을 구상하고 있었다. 북한군을 한반도 남쪽으로 길게 끌어내린 후 인천에서 상륙을 감행하여 적의 보급로를 끊어버리는 작전이다.

전선이 길면 보급에 애를 먹는 법이다. 보급로를 차단해버리면 후방에 있는 군대는 고립되게 된다. 폭약과 총알 그리고 식량을 공급받지 못하는 군대는 더 이상 군대로서 의미가 없는 무력한 집단에 불과할 것이다. 북한군은 38선부터 낙동강까지 길고 긴 전선을 형성하고 있어 이들의 보급선을 완전히 끊어버리면 북한군은 지리멸렬할 것이다. 세밀한 작전계획을 수립한 맥아더는 워싱턴에 작전명령을 내려줄 것을 품신했다.

맥아더의 작전계획을 보고받은 트루먼 대통령은 콜린스 육군 참모총장, 셔먼 해군 참모총장을 도쿄로 보내 긴급 작전회의를 열게 했다. 콜린스 육군 참모총장과 셔먼 해군 참모총장이 상석에 앉자, 맥아더와 도쿄 극동군 사령부의 전 참모들이 착석하여 긴급 작전회의가 열렸다.

콜린스 육군 참모총장은 인천상륙작전에 회의적인 시각을 가지고 있는 대통령의 뜻을 전달했다.

"인천상륙작전은 성공할 확률이 1/5000밖에 되지 않습니다. 우선 병력을 이동하는 문제와 인천 앞바다의 파도 높이가 10미터나 되기 때문에 바다를 지배하기가 매우 어렵고, 썰물이 되면 갯벌이 무려 10킬로미터 이상 드러나 잘못하다가는 배가 갯벌에 빠져 오도 가도 못한 채 적의 공격에 노출될 수가 있습니다. 그리고 지금 태풍 게이샤가 한반도로 상륙할 것이 예상되므로 인천상륙작전은 불가능하고, 만약 해야 한다면 인천보다 안전한 군산으로 하는 것이 낫습니다."

참석자 대부분이 육군 참모총장의 의견에 동조하는 듯한 태도를 취했다.

아무 말 없이 작전회의를 지켜보던 맥아더 원수가 조용히 일어났다.

"인천상륙작전은 해안을 제압하는 것이 성공의 1차 요인이 될 것입니다. 만일 해안 제압을 하지 못해 상륙정이 상륙주정을 타지 못한다면 작전은 실패할 것입니다. 상륙주정을 타지 못한다는 의미는 무엇이겠습니까? 그럴 경우 미군은 아무도 다치지 않을 것입니다. 대신 작전을 책임진 원수의 명예만 땅에 떨어질 것입니다. 나 맥아더는 원수 명예를 기꺼이 이 작전에 걸겠습니다. 총장께서 말씀하신 대로 상륙작전의 성공 가능성이 1/5000이라는 분석은 곧 성공의 확률이 그만큼 높다는 의미가 되기도 합니다. 파고가 급하고 썰물 때 갯벌이 해면의 10킬로미터 이하까지 드러나 상륙함대가 들어오지 못할 거로 판단하는 그 자체가 바로 성공을 보장하는 비밀이 숨어있는 것입니다. 적들도 그렇게 생각할 것입니다. 나는 미 해군이 스스로 알고 있는 것보다 더 뛰어난 능력이 있다는 사실을 2차 대전에서 눈으로 확인한 사실이 있습니다. 모든 악조건을 미 해군은 틀림없이 헤쳐 나갈 것으로 나는 믿습니다."

맥아더는 미국 육군사관학교 웨스트포인트 역사상 가장 훌륭한 성적으로 졸업한 수재였다. 성적도 뛰어났지만 죽음을 두려워하지 않는 전쟁 혼도 못지않게 탁월했다. 유럽 전선에서 은성 무공 훈장을 3개나 받은 명장이었고, 50년간의 군 생활 중 쌓아 올린 공적과 명예는 무엇과도 바꿀 수 없는 것이다. 그런 맥아더가 인천상륙작전에 자신이 평생 이루어놓은 명예를 걸겠다는 것이다. 그의 조용하면서도 논리적인 말투와 자신의 명예를 걸겠다는 말은 셔먼 해군 참모총장과 콜린스 육군 참모총장을 감동시키기에 충분한 것이었다.

맥아더의 인천상륙작전을 무산시키기 위해 대통령의 명령을 받고 온 그들은 오히려 맥아더의 든든한 지원군이 되어 작전의 성공 확률을 대통령에게 보고했다. 하지만 대통령의 명령은 시간을 끌고 있었다.

백악관과 맥아더 사이에 미묘한 신경전이 흐를 무렵 낙동강 전선은 그야말로 하루하루 버티느냐 죽느냐는 처절한 전투가 벌어지고 있었고, 전선이 무너지기 일보 직전이었다. 만약 전선이 무너지면 엄청난 수의 미군들과 사람들이 북괴에게 살상당할 것은 불 보듯 뻔한 노릇이었다.

작전 승인 명령이 떨어지지 않았지만, 맥아더는 인천 앞바다의 밀물이 가장 깊을 때인 9월 15일을 작전일로 정했고, 태평양에 흩어져 있는 함선과 지중해 함대를 한반도 남쪽 부산 부근의 바다로 집결시키고 있었다. 그리고 낙동강 전선의 일부 병력이 부산 부두에 집결한 채 승선 명령을 기다리고 있었다.

그중 팔미도 등대를 확보하는 것은 상륙작전의 성공을 위해서는 필수적인 것이었다. 상륙함대가 인천항에 진입하려면 영흥도와 영종도 사이의 물길을 지나가야 하는데, 이 길목을 밝혀주는 것이 바로 팔미도 등대였다. 상륙함대를 유도해야 할 팔미도 등대는 북한군이 점령하고 있었다. 맥아더 장군은 인천상륙작전 최초의 작전으로 팔미도 등대를 탈환하라는 명령을 내렸다.

팔미도 등대 탈환 임무는 켈리 부대로 불리는 케이엘오에서 맡았다. 전 대원은 소음총을 소지한 채 죽음을 각오하고 적진으로 침투했다. 특공대원들은 팔미도 등대를 기습하여 북한군 2명을 사살하고 수비대 9명은 도주했다. 팔미도를 접수했다는 보고를 받은 맥아더 장군은 팔미도 등대를 지킬 지원군을 증원하여 파견했고, 폭풍 같은 상륙작전은 대통령의 명령만을 기다린 채 숨을 죽이고 있었다.

서울 수복

평양의 전쟁사령부는 고무되어 있었다. 중장 계급으로 전장에 참여한 박헌영이 전장에서 돌아와 김일성과 독대한 것은 서울 점령 일주일이 지난 시점이었다. 박헌영을 바라보는 김일성은 뿌듯한 표정이었다.

"리론가 동지, 수고가 많습니다."

"예, 수상 동지. 전쟁은 우리가 원하는 방향으로 흘러가고 있습니다."

"그렇습니다. 저들은 마치 쇠막대기 앞에 솜뭉치 뚫리듯 도망가기에 정신이 없습니다."

"수상 동지, 이제 전 남조선에서 남로당원과 빨치산 20만 명이 총궐기할 것이고 부산까지 쳐내려 가는 것은 시간문제일 뿐입니다."

"그렇소. 8월 초순까지는 남한 전 국토를 점령하고 8.15 광복절 행사를 부산에서 열 것이오."

전쟁의 양상은 김일성과 박헌영이 예상한 대로 파죽지세로 남하하여 낙동강 전선에서 최후의 목줄을 누르기 일보 직전의 형국이었다. 이제 낙동강 전선만 무너뜨리면 무방비 상태의 부산을 점령하는 일은 어린아이 손목 비틀기였다. 전황은 순조로웠지만 김일성과 박헌영이 급박하게 회동한 이유는 531 첩보부대의 정보 보고 때문이었다.

"리론가 동지, 미군이 상륙작전을 감행할 것이라는 첩보가 들어왔소."

김일성도 긴장하기는 마찬가지였지만 박헌영이 놀라는 것은 당연한 것이었다. 이제 막 적군의 목줄을 누르기 직전인데 미군이 상륙해서 보급로를 차단한다면 낙동강 전선이 고립될 수밖에 없고 이것은 인민군에게 최악의 시나리오다. 긴장한 박헌영이 조심스럽게 물었다.

"미군이 상륙작전을 한다면 어디서 한다는 말인가요?"

"첩보에 의하면 군산에서 상륙작전을 한다는 것이오."

"미군이 군산에서 상륙하여 보급로를 끊고 위아래서 협공하겠다는 것이군요."

"그렇소. 현재 낙동강 전선에서 전투를 치르고 있는 부대에 보급로를 차단하겠다는 것 아니겠소."

"대비를 하기에 너무 시간이 촉박하지 않겠습니까?"

"그렇다고 손 놓고 있을 수도 없는 일 아니오?"

"알겠습니다. 2개 사단을 군산 해안으로 집중하고 해안포대를 증강하고 해안에 콘크리트 저지선을 만들겠습니다."

"속히 진행하시오."

김일성과 박헌영이 미군이 군산으로 상륙작전을 감행한다는 정보를 받고 해안포대와 진지를 군산에 구축하는 사이, 맥아더는 항공모함 2척, 순양함 4척, 구축함 7척을 선두 공격진으로 내세운 250여 척의 거대 함대를 한반도 남쪽 바다에 집결시켜 놓았다.

작전을 5일 앞둔 9월 10일, 상륙부대의 이동을 책임지고 있던 극동해군 부참모장 알리 버크 해군 준장이 맥아더에게 면담을 요청했다. 그의 면담 요청은 격에 맞지 않는 것이었다. 일개 육군 준장이 원수를 함부로 접견하는 것은 있을 수 없는 일이었다. 그것도 전시에는 더욱 그랬다. 참모장인 육군 중장 알몬드는 할 말이 있으면 자신에게 하라며 면담을 허용하지 않았다.

알리 버크 해군 준장은 자신의 공로를 참모장에게 빼앗길 수 없었다. 상륙작전의 성패를 결정짓는 중요한 정보를 자신이 직접 원수에게 보고하고 그 공로를 인정받고 싶었다. 수많은 목숨이 오가는 전쟁을 눈앞에 두고도 오로지 자신의 출세만을 바라고 있는 것을 보면 어떤 시대, 어떤 나라에도 개인의 성공에 대한 욕망은 다를 수가 없는 모양이다. 맥아더 장군에게 직접 보고하기 전에는 말할 수 없다며 부대로 복귀하고 있던 알리 버크 해군 준장은 알몬드 참모장의 무전을 받았다.

"지금 원수께서 만나시겠다고 하셨소. 지금 당장 와서 면담하시오."

알리 버크 해군 준장은 맥아더에게 절도 있는 경례를 올렸다. 경례를 받고 맥아더가 무슨 일이냐고 물었다.

"본관은 상륙부대의 이동을 책임지고 있는 극동해군 부참모장 알리 버크 해군 준장입니다."

"부참모장이면 총참모장에게 보고해도 될 터인데 굳이 직접 보고해야 하는 이유가 무엇이오?" "제가 보고할 내용은 상륙작전의 성패에 매우 중요하여 만약 보고가 제대로 전달되지 않는다면 크나큰 낭패라고 판단하여 직접 보고를 드리게 되었습니다."

"음… 말해보시오."

"상륙작전은 앞으로 5일 후인 15일로 알고 있습니다. 하지만 5일 후면 태풍이 한반도를 강타할 것으로 예상되고 있습니다."

맥아더 장군이 놀라는 표정을 지었다.

"내가 보고받은 바에 의하면 태풍은 한반도를 비켜 간다고 했는데…"

"물론 한반도를 비켜 갈 수도 있겠지만 만약 태풍이 한반도를 관통한다면 상륙작전은 무조건 실패로 돌아갈 것입니다."

맥아더가 손을 턱에 괴고 깊은 생각에 잠겼다. 태풍이 한반도를 비켜 동해상으로 빠져나간다는 보고를 받고 15일을 상륙 작전일로 삼았는데, 만약 태풍이 한반도를 강타한다면 그것은 무조건적인 작전 실패를 의미하는 것이었다. 기상예보가 틀렸을 경우를 상정하지 않았던 것이다.

"얼마나 빨리 움직이면 안전하게 들어갈 수 있겠소?"

"빠르면 빠를수록 좋습니다."

맥아더는 즉각 알몬드 총참모장과 지휘관들을 집무실로 불렀다. 맥아더 장군은 그 자리에서 총참모장 알몬드 중장을 10군단 사령관으로 임명하고 각급 지휘관들에게 훈령을 내렸다.

"9월 11일 점심은 푸짐한 뷔페로 전군을 먹이시오. 그리고 비상식량은 제공하지 마시오."

전시에 전투병들에게 비상식량을 공급하는 것은 당연한 일이었지만, 식량을 보급하지 않은 이유는 상륙작전을 전광석화로 끝내려는 의지의 일환이었다.

9월 11일, 푸짐한 점심으로 뷔페가 준비된 것을 본 군인들은 즉각 상륙작전이 전개될 것임을 직감적으로 알았다. 점심을 먹는 군인들의 얼굴에 팽팽한 긴장감이 돌았지만, 누구도 작전에 대해서는 일체 말이 없었다.

장병들과 구내식당에서 같이 점심을 먹은 맥아더 장군은 함대 이동이 준비되었다는 보고를 받고 기함 맥킨리호에 올랐다. 맥아더 원수의 작전명 '크로마이트' 명령에 따라 맥킨리호, 미 해군 제7함대 사령관 스투루불 제독이 지휘하고 있는 로체스터호를 비롯한 항공모함, 순양함, 구축함, 상륙함 등 250척의 거대한 군단이 인천을 향해 밀려들었다. 3킬로미터 후방에는 영국 항공모함과 오스트레일리아 공격함이 중국 쪽 바다를 주시하며 배후를 지원했다.

맥아더의 작전은 독했다. 항공모함에서 발진한 폭격기가 인천항을 맹폭했고 뒤이어 5척의 구축함을 인천 해안으로 밀어 넣었다. 인천 해안으로 들어간 5척의 구축함은 곧바로 갯벌에 갇혀 노출되자 해안포가 일제히 불을 뿜었다. 맥아더는 적의 해안포 위치를 파악하기 위해 5척의 구축함을 희생양으로 삼았던 것이다.

적의 해안포 위치 및 규모를 예의주시하고 있던 3척의 순양함에서 8인치 포가 해안포를 향해 엄청난 화력을 쏟아부었다. 하늘을 새까맣게 덮은 듯 8인치 포가 해안포를 맹폭했고 해안포는 완전히 파괴되었다.

북한의 해안포 부대가 전부 파괴된 것을 확인한 맥아더 장군은 인천 앞바다로 미 10군단 소속 병력 4만 5,000명, 미 해병 1사단 1만 7,000여 명, 육군 7사단 1만 명, 한국군 해병대 1만 명 등 56 수륙양용 전차대대를 일제히 상륙시켰다.

불을 뿜던 해안포는 이미 괴멸되었지만, 북한군의 저항은 강력했다. 하지만 상륙하는 병사들의 수에 비해 북한군 병력은 상대가 되지 않았다. 북한군 200여 명이 사살되고 200여 명은 바다로 뛰어들었지만, 아군의 피해는 거의 없었다. 맥아더 장군의 완벽한 승리였다.

상륙군이 인천 시가지로 진입했을 때는 태풍 게이샤가 한반도 중심부를 통과하며 강한 바람과 비를 뿌리고 있었고 칠흑 같은 어둠이 내렸지만, 수색 작전은 멈추지 않았다. 인천을 완전히 장악한 상륙군은 김포를 거쳐 서울로 진격했는데, 그 과정에서 미미한 북한군의 저항이 있었지만, 가을바람에 낙엽이 지듯 괴멸되었고 인천을 출발한 지 이틀 만에 서울을 수복했다.

6.25 전쟁 발발 후 남으로 남으로 한없이 밀려 낙동강에서 마지막 전선을 형성하고 있던 대한민국이 마침내 수도 서울을 수

복한 것이다.

　상륙작전이 성공했다는 소식에 이승만 대통령은 곧장 서울로 달려왔다. 이 대통령은 뜨거운 눈물을 흘리며 전쟁영웅 맥아더 장군을 맞이했다. 맥아더 장군은 중앙청에서 수도 서울을 대통령에게 반환했고, 정부를 이양받은 이승만 대통령은 감격에 겨워, "고맙소, 고맙소."를 연발했다.

　고집스러운 노 장군의 인천상륙작전은 전쟁의 양상을 완전히 바꾸어 놓았다. 인천으로 상륙한 미군은 적의 보급로를 차단하기 시작했다. 38선에서 낙동강까지 길게 늘어선 북한군 전선은 보급에 어려움을 겪고 있었는데, 미군이 보급로를 차단해 버리자, 낙동강 전선에 포진한 북한군 3개 사단은 낙동강 오리알이 되었다.

　싸우려면 먹어야 하고 적을 상대하기 위해서는 총알, 즉 화력이 있어야 하는데, 평양에서 낙동강으로 이어진 보급로를 미군이 차단했다는 의미는 낙동강 전선에 배치되어 있는 군대는 이미 전투력을 상실했다는 의미다. 보급로가 끊긴 낙동강 전선 3개 사단 병력은 완전히 와해된 채 뿔뿔이 산을 통해 북한으로 도주했고, 일부는 이현상의 빨치산에 합류하기도 했다.

　북한군이 38선 이북으로 퇴각하자 이승만 대통령은 국군에게 38선을 넘어 북진하라는 명령을 내렸다. 북진하여 통일을 이룰 절호의 기회를 노 대통령은 놓치고 싶지 않았던 것이다. 하지만 이는 미국의 입장에서는 중국, 소련의 관계를 고려하지 않은 순진한 생각이었다. 맥아더 장군은 즉각 경무대를 방문했다.

"대통령 각하, 지금 한국군은 유엔군사령부의 지휘를 받고 있습니다."

틀림없는 사실이었다. 국군의 통수권자는 대통령이 아닌 유엔군 사령관이었다. 이승만 대통령이 그런 사실을 모를 리가 없다. 이 대통령은 노회한 정치인이었다.

"나는 긴급추적권을 발동한 것뿐이오."

긴급추적권이란 긴급상황에서 불가피하게 일정 기간 일정 지역의 적을 추적하여 공격할 수 있는 권한을 말한다. 그러니까 유엔군사령부의 지휘를 받을 수 없을 만큼 급박하고도 특수한 상황에서는 대한민국의 대통령은 긴급추적권을 발동할 수 있었는데, 이 대통령은 이를 교묘하게 이용한 것이다.

맥아더는 얼마 전 수도 서울을 이양할 때 이 대통령의 뜨거운 눈물을 보았고, 서울 수복에 국군이 아닌 유엔군의 역할이 절대적이었기 때문에 이 대통령이 돌발행동을 하리라고는 예상치 못했다. 화장실 들어갈 때 다르고 나올 때 다르다더니 이 대통령의 태도가 그랬다. 그는 결코 만만한 상대가 아니었다. 하지만 미국 본토에서는 38선을 넘어 공격하는 문제를 심각하게 다루고 있었다.

본토에서는 유엔군 사령관인 맥아더 장군에게 38선 이북으로 진군하지 못하도록 명령을 내리고 있었던 것이다. 맥아더의 경고에도 불구하고 이 대통령은 계속하여 국군을 38선 이북으로 전진시키고 있었다.

치밀어 오르는 노기를 억지로 짓누르며 맥아더가 경무대로 향했다. 이 대통령을 만난 맥아더는 더 이상 이 대통령을 예우하지 않았다.

"대통령! 38선을 넘는 문제는 여러 사정을 따져보아야 합니다. 38선을 넘을 경우 중국이나 소련이 뒷짐을 지고 있을 리가 없으며, 만약 이들이 전쟁에 개입한다면 이 전쟁은 세계대전으로 치달을 수 있는 위험성이 있습니다. 당장! 국군들을 38선 이남으로 불러들이시오!"

"중국과 소련은 미군의 해·공군력을 직접 목격했습니다. 그리고 이렇게 작은 나라를 차지하기 위해 그들이 무모하게 세계대전으로 전장을 확대하지는 않을 것입니다."

교묘한 말장난으로 초점을 흐리고 있는 이 대통령을 바라보는 맥아더 장군의 눈에서 분노가 일었다.

"국군에 대한 지휘권은 유엔군 사령관인 본인에게 있습니다. 만약 국군을 불러들이지 않는다면 본토에서 대한민국을 더 이상 지원하지 않을 수도 있는 점을 명심하시기 바랍니다. 지금 본토에서는 38선을 넘을 적기를 저울질하고 있으니, 결정이 내려질 때까지 경거망동은 금물입니다."

자존심 세기로는 누구에게도 뒤지지 않을 이승만 대통령이었지만, 맥아더의 말대로 군에 대한 지휘권이 유엔군 사령관에게 있는 것이 명백한 사실이다. 만약 유엔군이 철수한다면 그것은 대재앙이었다. 경거망동하지 말라는 맥아더의 말이 괘씸했지만, 이 대통령은 더 이상 대꾸할 수 없었다.

자유 대한민국을 구하는 임무를 완벽하게 수행한 70세의 노

장군 맥아더였지만, 상륙작전이 성공한 후 이승만 대통령과 사사건건 부딪쳤고 미국 본토로부터도 고립되고 있었다. 온 세계는 맥아더 장군의 상륙작전 성공에 박수를 보내고 있었지만, 박수 소리가 클수록 미국 본토에서는 맥아더 장군을 견제하는 세력이 늘어갔다.

군산으로 상륙해야 한다며 인천상륙작전을 반대했던 미 국방부의 고위 관리들은 맥아더가 전 세계의 스포트라이트를 받자, 마음이 편치 않았다. 맥아더 장군의 대통령 출마설이 퍼지기 시작했고, 재선을 노리는 트루먼 대통령도 불안감이 깊어 갔다.

유엔군사령부는 미국 국내 정치 동향이나 국제사회의 동향에 관한 세밀한 정보가 가장 먼저 들어와야 하는 곳이다. 그래야만 작전 최후 결정권자로서 판단할 수 있는 것이다. 명령서가 오고 가고는 했지만, 세계대전으로 치달을지 모르는 중차대한 시기에 본토로부터 고급 정보가 들어오지 않았다.

맥아더는 남한의 이승만 대통령과의 갈등, 그리고 미국 본토로부터의 견제로 정치적 난관에 처해 있었다. 후일 맥아더 장군은 당시의 상황에 대해 회고록에서 이와 같이 밝히고 있다.

"나는 전선에서 이기고 워싱턴에서 지고 있었다."

결국 본토의 결정으로 38선을 넘어 미군과 국군이 진격했고, 미8군의 전진 부대인 1군단이 서울-평양 선을 따라 적의 방위선을 사정없이 무찌르면서 평양을 점령한 것은 10월 19일이었다.

미군과 국군은 파죽지세로 북진했고 압록강까지 북한군을 밀어붙였다.

인해전술

미군의 강력한 공군력에 속절없이 밀리고 있었지만, 김일성은 맥아더의 항복 요구를 한마디로 일축했다.

"우리는 원래 그런 습관 없다."

북조선 끝 압록강까지 전선이 밀려 백척간두에 선 김일성이었지만 그런 습관조차도 없으니 헛소리하지 말라며 배포를 부렸다.

미국은 막강한 독일과 일본을 완전히 패퇴시킨 세계 최대의 군사 대국이다. 그런 미국이 마지막 목줄을 누를 형국에서도 김일성이 큰소리를 친 이유는 그의 타고난 성격도 있겠지만 사실은 소련과 중국이라는 믿는 구석이 있었기 때문이다.

김일성은 항복하는 습관은 없었지만, 어려울 때마다 스탈린과 모택동에게 도움을 청하는 습관은 여전했다.

김일성은 박헌영과 공동명의로 스탈린에게 밀서를 띄워 미국 공군력에 대항하려면 강력한 소비에트 군대를 파병해야 한다고 주장했지만, 소련은 미국 측과 38선 분할에 관한 합의가 있기 때문에 전쟁에 개입하는 것이 여의찮은 상황이었다.

소련의 지원이 여의치 않자, 김일성은 박헌영과 공동명의로 모택동에게 지원해 줄 것을 요청했다. 하지만 중국도 선뜻 지원에 나서지 않자, 김일성은 전쟁을 장기적으로 끌어가려 했다. 이는 패전의 책임에서 자유로울 수 없는 또 한 명의 실력자인 박헌영의 생각과는 정면으로 배치되는 것이었다.

전쟁 중에 김일성의 집무실은 수시로 바뀌었는데 대략 10여 개의 집무실이 가동되고 있었다. 10여 개의 집무실은 거의 깊은 산속의 동굴이었고, 몇 개는 지하 깊이 참호를 파고 모래주머니로 방탄벽을 쌓고 위장망을 덮은 지하 벙커였다. 김일성이 사용하던 10여 개의 집무실은 박헌영에게도 알리지 않는 극비였다.

김일성이 보낸 차량을 타고 도착한 곳은 압록강 이북 부근의 지하 벙커였다. 지하 벙커 반경 1킬로미터를 중무장한 군인들이 경계하고 있었고 곳곳에 대공포가 은닉되어 있었다.

지하 벙커로 통하는 철문을 지나 복도가 나타났는데, 급조한 탓에 여기저기 암석 등이 튀어나온 곳도 있어 고개를 숙이고 지나가야 하는 곳도 있었다. 집무실은 그다지 넓은 편이 아니었고 벽과 천장이 암석으로 되어있는 천혜의 요새였다.

박헌영이 집무실로 들어서자 김일성이 빠른 걸음으로 다가가 손을 내밀었다.

"리론가 동지, 어서 오시오."

박헌영은 고개를 조금 숙이며 김일성이 내미는 손을 잡았다.

"수상 동지께서 어려움을 겪고 계셔서 송구한 마음입니다."

"하하하, 어려움을 겪고 있는 것은 모두 마찬가지 아니오."

김일성은 집무실 중앙 탁자에 놓여 있는 지도를 내려다보며 박헌영에게 물었다.

"리론가 동지! 지금 소련과 중국이 참전을 망설이고 있고 미군은 항복하라고 압박하고 있는 형국에서 우리가 취할 수 있는 조치가 무엇이오?"

…

소련과 중국이 참전을 망설이고 있고 미군의 항복 요구가 거센 것은 사실이었지만, 박헌영은 질문의 의도를 알 수 없어 김일성의 얼굴만 바라볼 뿐 아무런 말을 하지 않았다. 현재의 시점에서 취할 수 있는 조치가 도대체 무엇이 있단 말인가?

"소련과 중국은 물론이고 국제사회에 지원을 위해 외교적 노력을 배가하는 거 외에 어떤 조치가 있겠습니까?"

"그건 당연한 일이고 만약 소련과 중국이 움직이지 않을 경우 어떤 식으로 전투해야 하는 것을 묻는 것이오."

"수상 동지의 질문이 이해가 가지 않습니다."

박헌영이 자신이 묻고 있는 의도를 짐작조차 못 하자, 김일성은 다소 답답하다는 표정을 지었다.

"음, 미군의 강력한 화력에 정면으로 맞설 수는 없고… 내가 생각할 때는 압록강 병력을 산으로 집결시켜 유격전을 하는 것이 어떻겠소?"

박헌영이 펄쩍 뛰며 난색을 표했다.

"유격전은 안 됩니다. 그것은 섬멸을 자초하는 행위입니다. 그리고 압록강 전선은 무슨 일이 있어도 지켜내야 하는 중요한 곳입니다."

조용히 이어지던 대화가 갑자기 격렬한 언쟁으로 이어졌다.

"이것 보시오! 지금 우리가 미군의 화력을 감당할 수 없다면 산으로 들어가 유격대 전투밖에 없는 걸 모르시오?"

김일성이 화를 내며 큰소리로 힐난했지만, 박헌영도 물러나지 않았다.

"일제 시대 빨치산과 지금의 형국을 단순 비교해서는 안 됩니다. 미군은 강력한 공군력과 화력을 압록강 이남에 집결하고 있습니다. 만약 우리가 압록강 전선을 포기하고 산으로 들어간다면 반드시 독 안에 든 쥐가 될 것입니다!"

"북조선은 산이 높고 수림이 울창해 미군 전투기가 우리를 발견하기는 쉽지 않을 것이오. 그리고 중국 동북 지구를 등에 업고 있어서 중국으로 후퇴하기도 용이합니다."

김일성은 산으로 들어가 유격전을 펼칠 결심을 거의 굳힌 것을 알았지만 박헌영은 물러서지 않았다.

"수상 동지! 우리 군의 주력이 20만입니다. 그 많은 병사에게 보급을 어떻게 할지는 생각해 보셨습니까?"

"이보시오, 리론가 동지! 그러면 압록강 전선에 앉아서 미군에게 몰살당하라는 말이오?! 내 말은 중국과 소련이 참전을 결정할 때까지 시간을 벌자는 말이오."

"수상 동지! 지금 20만 대군을 산으로 옮기는 문제는 엄청난 모험입니다."

완강하게 자신의 계획에 반발하는 박헌영에게 짜증이 났다.

"그러면 뭘 어쩌자는 거요? 리론가 동지는 항복이라도 하자는 말이오?"

"누가 항복하자고 했습니까? 소련과 중국의 참전까지 압록강 최후 방어선에서 적을 막아 시간을 벌어야 합니다."

"그러니까 도움이 없을 경우를 말하는 게 아니오!"

김일성이 삿대질을 하며 고함을 질렀고 홍분한 박헌영도 고성으로 맞섰다.

"참전을 끌어내면 될 것 아닙니까?!"

"리론가가 소련과 중국의 참전을 끌어낼 수 있소?"

"어떻게 해서든 중국과 소련을 끌어들이는 외에 대안이 없습니다."

대화를 마치고 집무실을 나서는 박헌영의 등 뒤에서 고함이 터졌다.

"간나 새끼, 산에 올라가서 유격전을 할 결심이 도무지 없어!"

패색이 짙어지자, 둘이 부딪치는 일이 잦았다. 유격전과 관련해 논쟁이 붙고 한 달 후 소련 대사관에서 10월 혁명 기념 연회가 열렸다. 연회에는 주요 간부들이 전부 모였는데, 주빈석에는 김일성과 박헌영 등 10여 명 정도가 앉아 있었다. 김일성이 굳은 표정으로 연신 술잔을 기울이자, 주빈석에 긴장감이 감돌았다. 김일성 맞은편에 앉아 술을 마시던 박헌영의 얼굴에서도 긴장감이 흘렀다.

불만스러운 표정으로 박헌영을 바라보던 김일성이 턱을 괸 채 박헌영을 불렀다.

"여보, 박헌영이…"

윗사람이 아랫사람을 부르는 거만한 말투였다. 천천히 입으로 술잔을 가져가던 박헌영이 술잔을 천천히 내려놓으며 김일성을 노려보는 눈이 매서웠다. 김일성이 수상이라지만 나이는 박헌영보다 13살이나 어렸다. 북조선 실력자 중 누구도 자신을 그런 식으로 호칭할 수는 없었다. 박헌영의 분노를 아는지 모르는지 이어지는 김일성의 말은 계속 반말투였다.

"당신이 말한 그 빨치산이 다 어디에 갔는가? 백성들이 다 일어난다고 했는데 어디로 갔는가?"

입술을 꾹 다문 채 분노를 누르던 박헌영이 뭐라 대꾸하려 하자 김일성이 말을 잘랐다.

"당신이 스탈린과 모택동한테 어떻게 보고했는가? 우리가 넘어가면 막 일어난다고 당신 그런 얘기 왜 했는가?"

주빈석에 앉아 술을 마시던 고위 관리들의 얼굴이 경직되었고 아무도 술잔을 드는 사람이 없었다.

박헌영이 자리에서 벌떡 일어나 격앙된 목소리로 김일성에게 쏘아붙였다.

"아니 김일성 동지, 어찌해서 낙동강으로 군대를 다 보냈는가? 서울이나 후방에 병력을 왜 하나도 못 두었는가? 후방을 어떻게 하고 군대를 보냈는가? 그러니까 후퇴할 때 독 안에 든 쥐가 되지 않았는가?"

극도로 흥분한 상태에서 내뱉는 말은 같은 내용을 반복하고 있었고 해서는 안 될 말까지 쏟아냈다.

"어째서 전쟁에서 진 것이 다 내 책임뿐이라는 말인가?"

전쟁 패배에 대한 책임이 당신도 있지 않느냐는 박헌영의 물음에 김일성이 이성을 잃었다.

"야 이 자식아, 너 무슨 정세 판단을 그따위로 하는가? 난 남조선 정세는 모른다. 남로당이 거기 있고 거기에서 공작하고 보내는 것에 대해 어째서 보고를 그렇게 했는가?"

13살이나 어린 김일성이 내각 부수상 겸 외무상, 당 부위원장, 군 최고사령관 다음의 인민군 총정치국장인 박헌영에게 욕까지 하는 것은 지나친 것이었다.

총정치국장은 최고사령관인 김일성과 공동 명령을 내리기도 하고 단독 명령을 내릴 수 있는 막강한 자리였다. 당과 내각뿐만이 아니고 군대도 김일성과 박헌영이 분점하였기 때문에 군 내에서 박헌영의 위세도 대단한 것이었다.

하지만 수상이라는 직책과 최고사령관 김일성의 실질적인 힘을 무시할 수는 없었다. 마음을 가다듬고 차분한 어조로 김일성에게 항의했다.

"김일성 동지도 전쟁 초기 남로당원과 빨치산들의 남한 내 활동을 칭찬하지 않았소? 그런데 지금 와서 마치 남로당과 빨치산이 한 명도 거사를 하지 않은 것으로 누명을 씌워서야 되겠소?"

꽝! 김일성이 집어던진 대리석 재떨이가 박헌영의 머리 위를 지나 벽에 부딪쳐 산산조각이 났다. 박헌영은 미동도 하지 않은 채 혈관이 터진 듯 붉게 물든 눈으로 김일성을 노려보았다. 1인자와 2인자가 격렬하게 충돌하고 있었다.

1인자와 2인자 사이에 공개적인 자리에서 욕하고 재떨이를 던질 정도로 격렬하게 갈등하는 일은 이례적인 일이다. 그동안 조금씩 쌓여온 갈등이 전쟁의 패색이 짙어지자, 수면 위로 올라온 것이다.

　김일성과 박헌영뿐만이 아니고 북한 지도부 전체가 격심한 내홍으로 빠져들었다. 전쟁 실패가 권력투쟁의 양상으로 비화하기 시작한 것이다. 하지만 김일성은 박헌영이라는 존재가 필요했고, 박헌영은 자신의 존재를 확인함으로써 김일성을 견제할 필요가 있었다.

　두 번에 걸친 극단의 감정 대립을 했지만 둘은 또다시 협력관계로 돌아설 수밖에 없었다. 중국의 모택동을 만날 적격자는 박헌영밖에 없었기 때문이다.

　박헌영으로부터 압록강 부근 전황을 보고받는 모택동의 표정이 어두웠다.

　"적은 지금 압록강까지 진격하여 우리의 포위망 속으로 들어와 있습니다. 북쪽 도로는 난마와 같이 얽혀있어 적들이 보급하기가 쉽지 않을 것이고, 또한 잔류하고 있는 인민군들이 적의 보급로를 공격하고 있습니다. 지금 자루의 입을 막아버리면 압록강 부근의 적군들을 한 번에 궤멸시킬 수 있습니다."

　적군을 궤멸할 수 있다는 박헌영의 보고는 중국군이 개입될 때만 성공이 가능한 것이었다. 박헌영은 승리를 자신하며 중국군을 조선으로 파병해 줄 것을 강력히 요구했다.

모택동은 3대의 담배를 태울 때까지 아무 말도 하지 않다가 천천히 입을 열었다.

"전황은 알겠소. 그런데… 만약… 만약 말이오. 중국이 참전하여 패전이라도 하는 날이면 힘들게 세운 중국이 위태로울 수 있소. 그렇게 되면 이 모택동은 역사와 인민 앞에 책임을 면치 못하게 될 것이오."

모택동이 자신과 중국의 운명까지 걸린 전쟁 앞에서 선뜻 결정을 내리지 못하자 박헌영의 가슴이 타들어 갔다.

"동지! 현재 인민군 대부분 병력이 압록강에 전선을 형성하고 있으며 적은 자루 안에 든 쥐의 형세입니다. 만약 중공군이 압록강 이남으로 밀고 내려가기만 한다면 자루목을 지키고 있는 북한군이 적을 일시에 궤멸할 수 있습니다. 반드시 이길 수 있습니다! 결정하여 주십시오."

"…"

또다시 한참 숨을 고른 후 말을 이어갔다.

"전쟁에서 지는 문제도 재앙이지만 만약 중국 참전 군인들의 희생이 예상보다 크다면 그 또한 감당할 수 없는 문제일 거요. 우리 중국군의 희생을 최소화할 방법이 있소?"

"동지! 방법은 하나밖에 없습니다. 한꺼번에 모든 것을 쏟아부어야 합니다. 거대한 파도처럼 단 한 번의 공격으로 적을 밀어내면 반드시 승리할 수 있을 것입니다. 그리고 어차피 벌어진 싸움 중간에 그만둘 수는 없는 노릇 아니겠습니까? 또 김일성 수상이 위태롭게 되었는데 중국이 두고 보기만 한다면 후일 중국이 위급할 때 소련도 뒷짐을 지고 있을지 모르지 않겠습니까? 그렇다면 사회주의 동맹은 속 빈 강정입니다."

모택동이 천천히 고개를 끄덕이며 동조를 표시했지만, 즉답을 주지 않았다.

"박 동지는 언제 북조선으로 들어갈 예정이오?"

"모택동 동지의 하명이 떨어지면 즉시 들어갈 예정입니다."

"좋소. 내일 내 결심이 통보될 것이오."

박헌영이 돌아간 후 모택동, 강청, 주은래 3인이 모여 최종 조율을 거쳤고 모택동이 결심한 사항을 알렸다. 모택동의 참전은 고뇌에 찬 결정이었다. 강청과 주은래에게 한국전 참전을 선언하며 자신의 맏아들인 모안영을 전쟁에 참전하도록 지시했다. 강청을 비롯한 주요 간부들이 모안영이 맡고 있는 업무가 참전하는 것만큼 중요하니 참전을 재고하도록 권유했다.

하지만 모택동의 결단은 단호했다.

"안영은 나 모택동의 아들이다. 그가 죽음이 두려워 참전하지 않는다면 어느 누군들 가려고 하겠는가?"

모안영, 그는 모택동과 양개혜 사이에 태어난 장남이었다. 모택동에게 처음으로 다가온 생명이고 집안을 이어갈 장손이 모안영이었다. 포탄이 날아다니고 총알이 빗발치는 전장에 중국 최고 지도자의 장남이 참전한다는 사실은 대단한 것이었다. 중국군의 사기는 물론이고 북괴군도 모안영의 전투 참여 소식에 사기가 하늘을 찔렀다.

한국전에 참전한 모안영은 후방 부대가 아닌 최전선에 배치되어 지원군 사령부를 이끌었다. 하지만 중국군이 남하하기도 전인 1950년 11월 25일 미군기의 지원군 사령부 폭격으로 사망하고 말았다. 그의 사망 사실을 모택동에게 보고해야 하는 주은래는 비보를 한동안 보고할 수 없었다. 어느 날 아들이 지금 어디에 근무하고 있는가를 물었을 때 더 이상 주은래는 사실을 감출 수 없었다.

모안영이 미군 폭격기에 희생되었다는 보고를 받은 모택동은 한동안 믿지 않는다는 표정을 지었다. 연거푸 두 대의 담배를 피우고 크게 한숨을 쉬고는 혼잣말로 중얼거렸다.

"그놈은 모택동의 아들이니까…"

자식을 잃은 모택동의 슬픔은 깊었지만 아픔을 안으로 삼키는 대혁명가의 불타는 의지와 단호함이 얼굴에 드러났다.

모택동은 모안영의 시신을 중국으로 들이지 못하도록 했다. 모안영은 북한 땅에 묻혔고 모택동은 죽을 때까지 한 번도 그곳을 찾지 않았다.

한편, 모택동이 참전한다는 낭보를 전하는 박헌영이나 보고를 받는 김일성이나 들뜨기는 마찬가지였다.

"리론가 동지가 큰일을 해냈소!"

박헌영의 두 손을 잡고 힘차게 흔드는 김일성의 모습에서 두 번이나 격한 삼징 대립을 했던 모습은 찾아볼 수 없었다. 이제 압복상 이북에서 엄청난 병력이 쏟아져 내릴 것이고 자루목만 잠그면 퇴각하는 미군과 남조선군은 독 안에 든 쥐가 될 것이다.

북한과 중국의 은밀한 계획을 알 리 없는 미군과 국군은 최후의 승리를 코앞에 둔 채 들떠 있었다. 최후 진격 명령을 기다리던 미군과 국군 지휘부로 압록강 이북 지역에서 엄청난 병력이 남하하고 있다는 정보가 들어왔다. 압록강 상류 지점으로 남하하는 병력이 200만 명이 넘는다는 정보도 들어왔고 100만 명 정도라는 정보도 들어왔다. 정확한 정보는 없었지만 어쨌든 엄청난 병력이 남하하고 있는 것은 확실했다. 보급도 받지 않고 바람처럼 남하하고 있는 병력의 정체는 의문이었다.
　하지만 곧 의문은 풀렸고 병력수도 파악되었다. 100만 명의 중공군들은 각자 10일 치 미숫가루를 짊어지고 다니며 물과 먹었으며, 총은커녕 죽창으로 무장했기에 총알을 보급받을 필요도 없었다.
　그들은 수류탄 2개를 지닌 채 탱크에 달려들었고 미군 탱크는 피로 얼룩져갔다.
　인해전술이었다!
　커다란 파도를 버텨낼 수 없던 미군과 국군은 또다시 남으로 퇴각해야 했다. 퇴각도 여의찮았다. 국군과 미군이 후퇴하는 병목지점에 매복해 있는 북한군은 엄청난 화력을 퍼부었다. 국군과 미군은 엄청난 물자와 인명이 사상한 채 결국 38선 이남까지 밀려야 했다.
　중공군의 전쟁 개입은 맥아더 장군의 추락을 의미하는 것이었다. 트루먼 대통령은 중공군이 개입하자 중공군 개입에 대응하지 못했다는 이유를 들어 맥아더 장군을 해임해 버렸다.

맥아더 장군은 6.25 전쟁의 물줄기를 바꾸고 수백만 명의 목숨을 건진 한국전쟁의 영웅이었다. 하지만 워싱턴의 권력 게임에서는 철저하게 패배한 하나의 인간에 불과했다.

1953년 7월 결국 정전협정이 맺어져 한시적으로 휴전이 선언되었다. 광란의 전쟁 결과는 참혹했다. 3년 동안 국토의 80%가 초토화되었고 남북한 및 유엔군 600만 명이 피해를 입었고, 1,000만 명의 이산가족, 전쟁고아 20만 명이 발생했다. 논두렁길, 시궁창, 한반도 구석구석 쌓인 시체는 처리할 수가 없어 방치된 채 썩어갔다. 살아 있는 자는 살아 있는 대로 그 땅 위에서 살아남기 위해 잡초처럼 모질어야 했다. 부모의 보살핌을 받아야 할 아이들은 깡통을 들고 거리를 헤매야 했다. 전쟁은 체면, 양심, 도덕과는 거리가 먼 현실의 문제였다. 굶어 죽고, 불타 죽고, 얼어 죽으며 3년을 끌던 광란의 불장난은 모든 사람에게 고통이었고, 전쟁이 끝난 후 환멸, 허무와 가난도 전쟁의 죽음 못지않은 고통이었다.

과연 그 전쟁은 누구를 위한 것이었고, 우리는 그 참상을 기억하고 있을까? 남한은 파괴의 잿더미와 절망만이 가득 차 있었다. 시체와 전쟁고아들이 쓰레기 더미를 뒤지는 장면은 모든 희망이 정지된 잿빛 화면과 같았다.

전쟁책임

반도 곳곳에서 충돌하던 전장이 38선에서 대치하며 정전이 되었지만, 전쟁은 북한의 패배로 결론 나고 있었다. 남북한을 통틀어 300만 명의 인명이 희생되고 전 국토의 80%를 초토화한 민족 최대 비극 앞에 누군가는 책임을 져야 했다. 경중의 문제가 있을 뿐 누구도 전쟁의 책임에서 자유로운 사람은 없을 것이지만, 분명 김일성과 박헌영의 책임은 무거웠고 엄중한 것이었다. 둘 중 하나는 전쟁에 대한 책임을 져야 했다. 남과 북 사이에 정전은 되었지만, 이북 지도부 사이에서는 또 다른 전쟁이 시작되었다. 자기 목을 겨누는 정적들을 제압하고 패전 책임의 수렁에서 몸을 빼내려면 희생양이 필요했다. 그 희생양은 박헌영과 남로당이었다.

평양으로 돌아온 김일성이 부수상 김책을 불렀다.

"리론가는 서울만 점령하고 있으면 20만 남로당원들과 빨치산이 적의 후방을 교란할 것이라고 자신하지 않았소?"

"예, 그자의 말을 믿고 서울을 점령하고 3일을 머문 것 아니니까?"

부수상 김책은 패전 책임을 박헌영에게 떠넘기려는 김일성의 의도를 이미 간파하고 있었다.

"그래서 결과는 뭐요? 적에게 전열을 가다듬을 시간만 벌어주지 않았소?"

"결과적으로 그렇게 되었습니다."

"그리고 박헌영 동무는 당 정치위원이면서 후퇴를 조직적으로 하기는커녕 혼자 차를 타고 내뺐다는 보고가 있소."

"예, 부하들은 걸어서 후퇴했는데 고위급 인사 가운데 박헌영만 차편으로 강계에 가장 먼저 도착했다고 합니다."

"전시에 후퇴도 조직적으로 꾸려야 하고 마지막으로 전장을 떠나야 하는 것이 지휘관 아니요?"

"당연합니다. 그자는 전장에서 총살형에 해당하는 죄를 저질렀습니다."

전시에 지휘관은 전방과 후방을 누비며 상황을 총체적으로 파악해야 하는 것이 당연한 일이다. 하지만 당연한 문제도 트집 잡기 나름이다. 김일성이 책상을 내려치며 소리를 질렀다.

"전시 중이라 문제 삼지 않았지만, 리론가의 반역 행위가 한두 가지가 아니요."

박헌영을 반역 행위로 몰아가려는 김일성의 의도를 알아챈 김책이 몸을 움찔거리며 김일성을 올려다보았다.

"수상 동지, 제가 일주일 이내로 리론가의 반역 행위에 대한 정보를 정리해서 보고드리겠습니다."

"그럴 것 없소! 이미 이론가의 반역 행위는 사회안전성에서 보고서를 받은 게 있소."
…

김일성이 화를 내리누르며 은근한 목소리로 물었다.
"리론가의 오른팔인 이승엽 동무를 아시오."
"예, 알고 있습니다."
"그가 남로당원들과 술을 마시며 발언한 내용이오."
김일성이 사회안전성의 정보보고서를 김책에게 건넸다. 정보 보고의 내용은 이승엽이 남로당원들과 술을 마시는 자리에서,
"당이 우리를 믿고 높이 대우해 주는 줄 아는가? 우리를 이용해 먹기 위한 것이다. 지금은 짚차를 타고 행세하지만, 이용 가치가 없으면 차버릴 것이다. 정부를 엎어야 한다. 박헌영을 밀어야 한다."
는 내용이었다. 정보 보고의 내용이 사실이라면 국가를 전복하려는 역모가 명백했다. 김일성이 화가 치민 표정으로 김책에게 긴말을 쏟아냈다.
"리론가가 뭐라고 했나? 우리를 지지하는 남반부 인민들이 미국 놈과 이승만을 반대하여 일어난다면 미국 놈들이 제아무리 발악해도 물러가지 않을 수 없을 것이라고 호언장담하지 않았나? 하지만 1차 공격 시 남로당 20만은 고사하고 1천 명이라도 부산쯤에서 폭동을 일으켰다면 미국 놈이 발을 붙이지 못했을 거야. 만약 이론가 도당이 남반부에서 당을 말아 먹지 않았더라면 우리는 벌써 조국 통일의 위업을 이룩하였을 거야."

김일성의 분노를 보며 김책의 안색이 새파랗게 질려갔다. 김일성이 겨냥하고 있는 것은 박헌영만이 아니라 남로당 전체였다. 그렇다면 문제가 조금 복잡해진다. 박헌영은 3개 군단급 병력을 움직일 수 있는 무력이 있고 군대 내에 남로당 세력은 무시할 수 없는 것이었다. 만약 박헌영이 남로당 군부를 동원하여 거사를 일으킬 경우 북조선은 걷잡을 수 없는 내전으로 빠져들 것이다. 정보 보고를 받아 든 손을 가늘게 떨며 김책이 나직이 물었다.

"박헌영을 쥐도 새도 모르게 체포해야 하는데 그 명령이 나오는 곳은 한 군데밖에 없습니다."

박헌영을 체포할 수 있는 권한과 힘이 있는 곳은 김일성의 명령뿐이었다. 김일성이 턱을 괴며 답을 주지 않자, 김책이 재차 확인했다.

"박헌영의 반국가 행위를 입증하는 것은 어려운 일이 아닙니다. 하지만 박헌영을 체포하는 일은 쉽지 않은 일이며 명령이 나오는 곳은 오로지 한 군데밖에 없습니다."

당장 박헌영을 잡아들여야 하는지를 김일성에게 재차 묻고 있는 것이다.

"일단 이승엽과 남로당 지휘부를 은밀하게 체포하여 조사하시오. 만약 리론가가 개입된 사실이 명백히 드러나면 내가 직접 체포 명령을 내릴 것이오."

북조선 내 가장 강력한 힘들이 파열음을 일으키며 물밑에서 부딪치고 있었다. 내전으로까지 비화할 수 있는 엄청난 권력투쟁의 서막이 시작되고 있는 것이다.

국가 전복 사건

국가 전복 사건 수사는 김일성, 김책, 사회안전처 수사국장으로 이어지는 극비 라인이었다. 사회안전처 수사국장은 김일성의 핵심 직계 세력인 자로 자신이 맡은 수사의 중요성을 누구보다 잘 알고 있는 자였다.

그는 남로당 지휘부의 운전수와 식모 등을 사회안전처 요원으로 은밀히 바꾸었다. 남로당 지휘부의 각종 모임에 자연스럽게 스며든 그들은 지휘부의 일거수일투족을 24시간 감시했으며 은밀한 보고서가 사회안전성 수사국으로 모여들었다.

박헌영의 애인으로 소문난 현엘리스에 대한 조사는 해방 후부터 현재까지 방대하게 이루어졌는데, 그녀는 해방 이후 조선에 들어와 미군정의 정보원으로 활동했으며 박헌영을 만나면서 이중 첩보원으로 활동했다. 미군정에서 조작한 조선공산당 정판사 사건이 터질 무렵 그 사실을 박헌영에게 알려주고 바람처럼 조선 땅에서 사라졌으며, 1949년 4월 북한으로 입국했다.

그런데 그녀의 입국 과정이 석연치 않은 점이 있었다. 그녀는 체코 프라하에 머물며 북조선으로 정치적 망명을 신청했는데,

체코 안전 기관에서는 그녀의 망명 동기가 불투명하다는 내용의 공문을 북한 내무성 안전국에 통보했다. 내무성 안전국에서는 그녀의 망명을 허용하지 않았는데, 외무상인 박헌영이 그녀에게 입국 사증을 내주어 입북할 수 있었다. 그 후 그녀는 외무성 조사보도국으로 자리를 옮겼고, 평양 중심가에 집을 얻어놓고 박헌영과 동거를 하고 있었다.

비밀 정보원을 붙여 그녀의 동태를 감시한 지 얼마 지나지 않아 그녀가 한적한 외곽으로 차를 몰고 나가 누군가를 만나는 장면이 포착되었다. 또한 구라파로 편지를 보내는 횟수가 잦았지만, 편지에 대한 답장은 없었다. 그녀는 단파 라디오를 소지하고 밤마다 라디오를 듣는 정황이 포착되는 등 미제의 간첩임을 의심할 수 있는 여러 가지 정황이 포착되고 있었다. 은밀한 내사가 이루어지는 동안 그녀가 갑자기 내무성에 유럽 여행을 가겠다며 허가를 요청했다.

그녀가 자신의 주변을 옥죄어 오는 것을 눈치챘다면 낭패가 분명했다. 하지만 박헌영이나 남로당의 겉으로 드러나는 동향은 없었다. 의심을 받지 않으려면 그녀의 유럽 여행은 허가해 주어야 했다. 모스크바 공항에서 그녀를 체포해 평양으로 압송하면 누구도 그녀가 평양에 억류된 사실을 알 수 없을 것이다. 모스크바로 출국하는 그녀의 뒤를 사회안전성 요원 4명이 은밀하게 따라붙었다. 모스크바 공항에 도착하여 입국장을 빠져나가기 전 사회안진성 요원들이 그녀를 체포했고 평양으로 압송했다.

사회안전성 수사국장이 부수상 김책의 집무실을 방문한 것은 수사 지시를 받고 3개월이 흐를 무렵이었다.

"어서 오시오."

부수상 김책이 흡족한 표정을 지으며 수사국장을 맞이했다. 지시한 지 3개월 만에 두툼한 보고서를 가지고 왔다는 의미는 남로당 지휘부에 대한 본격적인 조사가 시작된다는 의미였다.

"수사할 만큼 정보가 확보되었소?"

"예, 부수상 동지. 모조리 잡아들일 만한 첩보를 확보하였습니다."

"어느 선까지요?"

"일단 박헌영의 오른팔 이승엽을 비롯해 남로당 간부 10여 명은 곧바로 잡아들일 수 있습니다."

"음… 박헌영은?"

"일단 이승엽과 남로당 간부 10여 명을 잡아들여 조사를 하고 박헌영의 애인인 현엘리사를 통한다면 박헌영의 혐의를 입증하는 데 지장이 없을 것 같습니다."

"주요 타깃이 누군지는 알지 않소?"

"예, 알고 있습니다."

수사국장이 자신에 찬 어조에 부수상이 나직이 물었다.

"결코 실수가 있어서는 안 되는 일이오. 우리 공화국의 생사와도 직결되는 문제요."

"어김없이 처리하도록 하겠습니다."

이승엽과 남로당 지휘부의 체포는 전격적이고 은밀하게 이루어졌고, 그들을 체포하여 감금한 곳은 사회안전성 지하 조사실이었다. 그들은 각자 분리되어 조사를 받았다.

이승엽을 심문하는 조사관은 중좌(중령) 계급의 장교였다.

"이승엽 동무, 지금부터 내가 궁금해하는 것은 공화국 최고 존엄이 궁금해하고 있는 것이니 성의 있게 답변 바라겠소."

조사관의 입에서 존엄이라는 말이 튀어나오자, 이승엽의 안색이 새파랗게 질렸다. 직감적으로 남로당을 와해시키기 위한 정권 차원의 조사를 직감했기 때문이다.

"남로당이 금강정치학원에서 양성한 정치공작대와 유격대원은 모두 몇 명인가?"

"지금까지 4,000명 정도 양성했소."

"4,000명을 모두 무력 폭동에 동원하려 했는가?"

"무력 폭동이라니…? 무슨 말인지 모르겠소."

"4,000명 공작대는 어떻게 운용되었는가?"

"2,000명은 지리산에서 혁명 과업을 수행하는 이현상 부대에 보냈고, 1,000명은 북반부에서 인민군 전투를 지원하고 있으며, 나머지 1,000여 명은 평양 근교에서 대기 중이오."

"평양 근교에 대기 중인 유격대원들은 무장 상태인가?"

"교재용 무기를 갖고 있을 뿐 무장병력은 아니오."

"유격대원들에게 언제 어떤 방법으로 당중앙위원회와 내각, 방송국 등을 점령하도록 지시했는가?"

"무슨 말인지 모르겠소. 그런 계획은 생각도 해본 사실이 없소."

"대원들을 무장시킨 채 대기시켜 놓은 이유가 무엇인가?"

"지금은 전시 상태가 아닌가? 상부에서 어떤 명령이 하달될지 모르니 항상 전투태세를 갖추고 있어야 하지 않겠소?"

"유격대원들은 출동 명령이 떨어지면 당과 내각, 방송국을 점령하고 대항하는 분자가 있으면 모두 사살하라는 지시를 받았다고 말하고 있는데 그래도 부인할 텐가?"

"그런 증언을 한 대원이 있다면 내 눈앞에 세우시오! 만약 그런 계획을 세운 것이 사실이라면 그건 정신 나간 행동 아닌가? 평양엔 비행기, 탱크, 박격포, 고사포, 기관총, 수류탄으로 무장한 수만 명의 인민군, 친위군, 경비군, 평양 방위 사령군이 주둔하고 있소. 낡은 교재용 무기를 든 1,000여 명의 유격대원들이 이들 방위군을 이겨낼 수 있다고 보는 거요?"

"유격대원들이 기습적으로 평양으로 밀고 들어와 주요 인사들을 사살·감금하고 각 기관을 점령하면 북·남반부에 있는 3,000여 명의 빨치산과 남로당 잔당을 동원하여 인민 폭동을 일으키려 했다는 게 유격대원들의 진술이다."

"북반부 전역에 인민군 부대에 지원 나가 있는 유격대원들이 각 부대장의 명령 없이 일시에 집결할 수 없을 뿐만 아니라 지리산 등에 있는 빨치산들을 무슨 재주로 평양에 집결시킬 수 있겠소?"

이승엽이 국가 전복 혐의를 완강하게 부인하자 인민군 중좌는 더 이상 그를 남로당 간부로 대우해 주지 않았다.

조사가 3일째로 접어들며 서서히 이승엽의 진술이 바뀌기 시작했다. 김일성이 남로당을 말살하기로 마음먹었다면 그것은 거스를 수 없는 힘이었다. 이들은 이미 결론을 정해 놓았고 정해진 결론으로 사건을 종결지을 것이었다. 그리고 자신의 목숨도 이미 정해진 것이라는 것을 알았다. 어차피 죽을 몸 고통이라도 받지 않는 것이 현명한 선택일 것이었다.

"정전을 파탄시키려 했던 의도가 무엇인가?"

…

"다시 묻겠다. 정전을 파탄시키려 했던 의도는 무엇인가?"

"만약 정전이 된다면 우리의 계획이 무력화되기 때문이오."

"그 계획이라는 게 무엇인가?"

"미국이 북으로 밀고 들어오면 남로당 조직원들이 주축이 되어 국가를 전복하려고 했소."

"그런 사실을 미국에 전달했는가?"

"미국 측에 우리가 만반의 준비를 하고 있으니 정전하지 말고 밀고 들어오라는 연락을 전했소."

"만반의 준비는 무엇을 뜻하는가?"

"무장 계획을 말하는 것이오."

"그게 언제쯤이었나?"

"1952년 9월로 디데이를 잡았소."

"국가 전복 지휘부는 어디인가?"

"대남 연락부 및 유격 지도처였소."

"어떻게 폭동을 일으키려고 했나?"

"미군의 1952년 추가 공세와 1953년 춘계 공세 때 안주 청천 강까지 밀리게 되면 극도의 혼란이 조성될 것이며 바로 이때 전쟁 패배의 책임을 물어 국가와 당을 전복하고 지휘권을 장악하려 했소."

"동원 인원은?"

"주력은 중화군의 제1 지대 약 500명, 황해도의 제10 지대 1천 명, 상원군의 제5, 7 지대 각 2백 명 등 총 4개 지대와 금강학원생 6백 명, 유격 지도처 대기병 2백 명 등 2,700명 정도였고, 인민군 1개 예비사단과 독립여단 2개가 가담하기로 했소."

심문을 하던 중좌의 눈빛이 더욱 빛났다.

"인민군 1개 예비사단은 몇 사단을 말하는가?"

"8사단이었소."

"사단장과는 교류가 되었는가?"

"사단장은 알지 못했을 것이오. 다만 거사 후 끌어들일 계획이었소."

"독립여단도 마찬가지였나?"

"그렇소."

"거사를 성공시킨 후 누구를 추대하기로 했나?"

"수상 박헌영, 부수상 주영하, 장시우로 정했소."

"당신은 어떤 직책을 맡으려 했나?"

"조선로동당을 없애고 새로운 당을 만들어 제1비서를 하기로 했소."

"박헌영이 이 사실을 아는가?"

"박헌영 동지에게는 거사가 성공하고 난 뒤 알리려 했소."
"그렇다면 박헌영은 전혀 몰랐다는 말인가?"
"전혀 알지 못했소."
"현엘리스를 아는가?"
"박헌영 동지의 비서 아니오?"
"그녀와도 만난 적이 있는가?"
"당연히 만난 적이 있소."
"그녀와도 국가 전복 모의를 했는가?"
"그녀는 관련이 없소."
"오늘 조사는 이것으로 마친다. 더 할 말 있나?"
"할 말 없소."

한 달 동안 이어진 조사는 극비리에 진행되고 있었지만, 박헌영이 이를 모를 리 없었다.

체포

측근들이 체포되어 조사를 받고 있을 무렵에 박헌영은 러시아를 방문하여 스탈린을 접견하고 있었다.

스탈린이 물었다.

"얼마 전 당신은 김일성이 통일된 조선의 대통령이 되어야 한다고 밝힌 사실이 있는 것으로 알고 있는데…"

"예, 미국 유피 통신 기자와 인터뷰에서 그와 같이 밝힌 사실이 있습니다."

"그런데 보고에 의하면 이와 상반된 입장으로 접견 신청을 했다고 하는데…"

박헌영이 작심한 듯 스탈린에게 고했다.

"한반도에 민주기지를 건설하기 위해서는 프롤레타리아 민주혁명을 선행해야 했습니다. 그런데 김일성 수상은 무력 통일을 위해 독단적으로 인민군을 동원하였고 결과는 실패로 드러나고 있습니다. 남조선에서도 이승만이 건재한 것 같지만 인민들의 지지가 완전하지 못하고 남조선 정세가 날로 복잡해지고 있는 가운데 공산당은 평화적인 방법으로 남한에서 활동해 인민들을 끌어들여야 혁명이 성공할 수 있었습니다."

스탈린이 머리를 천천히 끄덕이며 수긍했다.

"당신의 의견이 일리가 있는 지적이다."

"스탈린 동지! 지금 북조선에서는 전쟁 실패에 대한 책임으로 피의 숙청이 진행되고 있습니다."

스탈린이 놀란 눈으로 박헌영을 바라보았다.

"그게 무슨 말이요? 도대체 전쟁에 대한 책임을 누구에게 묻고 있단 말이요?"

"남로당 간부들이 국가 전복 혐의로 속속 체포되어 조사를 받고 있습니다."

"국가 전복…?"

"터무니없는 날조입니다."

"당신의 동지들이요?"

"그렇습니다."

"무슨 의미인지 알겠소. 내가 외무성을 통해 해결책을 지시하겠소."

박헌영이 스탈린의 지지를 확인하고 러시아에서 돌아올 무렵은 이른 봄이었다. 북한으로 돌아온 그는 곧장 총참모장 관사에서 생활했고, 관사를 지키는 경비병들을 대폭 증원했다. 사회안전처에서 남로당 지휘부를 국가 전복 혐의를 뒤집어씌워 잡아들이고 있지만 직접적인 대응을 하기에는 명분이 없었다. 자신의 책임을 남로당에 떠넘기려는 김일성에 대항하여 병력동원도 생각해 보지 않은 것은 아니었다. 하지만 무력 충돌은 즉각적으로 내전으로 비화할 것이었다.

그것은 공멸을 의미하는 것으로 누구도 원치 않는 것이었다. 스탈린이 우려하는 것도 내전이었다. 스탈린은 몇몇 남로당 지휘부에 패전 책임을 묻는 선에서 사태를 수습하려는 의지를 가지고 있었다. 그렇다면 사태의 추이를 지켜보는 수밖에 없었.

두 달간 진행되던 국가 전복 사건의 주모자는 이승엽으로 결론 나고 있었고, 남로당 지휘부 10여 명을 처벌하는 선에서 매듭지어지고 있었다. 박헌영으로서는 큰 충격이지만 일단은 자신이 건재해야 남로당을 재건할 수 있을 것이었다.

이승엽 사건이 거의 마무리되는 듯 보이자, 박헌영이 외부 활동을 시작했다. 그가 시찰에 나선 부대는 평양 인근 기갑사단이었는데, 그를 수행하는 호위병은 9명이었다. 3대의 차량이 사단 정문에 도착하자 도열해 있던 사단장과 부사단장 예하 연대장들이 박헌영을 맞았다. 박헌영이 차에서 내려 일일이 악수를 나누고 사단장실까지 걸어서 이동했다.

사단장실로 들어선 박헌영이 상석에 앉았고, 사단장과 부사단장, 참모장, 각 부대의 연대장들이 좌우로 앉아 전황 보고를 받았다. 20여 분 전황 보고가 이어지는 동안 사단장은 긴장된 표정으로 진땀을 흘리고 있었다. 어지간히 급한 일이 아니면 보고가 이어지는 동안 자리를 뜰 수 없었지만, 사단장은 부관실에 잠시 다녀오기도 했다.

전황 보고가 거의 끝나갈 무렵 사단장이 권총을 뽑아 들고 박헌영을 겨누었다.

"꼼짝 마시오!"

박헌영이 멈칫하며 낭패스러운 표정을 지었고, 좌석에 앉아 있던 부사단장과 각급 연대장들은 놀란 눈으로 사단장과 박헌영을 번갈아 바라보았다. 박헌영에 대한 체포지시는 사단장에게 직접 하달되었고, 부사단장 이하 지휘관들도 모르는 사실이었다.

사단장이 박헌영에게 총을 겨눈 채 조용히 일렀다.

"저도 무슨 영문인지 모르겠지만 총참모장을 무장 해제시키고 체포하라는 지시가 떨어졌습니다."

담배를 빼어 무는 박헌영의 손이 가늘게 떨리고 있었다.

"지시가 내려온 곳이 어디요?"

"밝힐 수 없습니다. 총참모장께서는 순순히 협조해 주시길 바랍니다."

박헌영이 담배 한 대를 다 피울 때까지 사단장실은 무거운 정적이 흘렀다.

또다시 한 대의 담배를 빼어 들자, 사단장이 부사단장에게 지시했다.

"부사단장! 지금 당장 총참모장 호위병들을 무장해제 시키시오."

긴장된 표정으로 밖으로 나간 부사단장은 호위병들의 무장 상태를 살피며 부관실을 나섰다.

머리가 복잡했다. 총참모장인 박헌영을 체포한다는 의미는 무엇을 의미하는 것인가? 군부 내에 남로당파를 찍어내겠다는 것 아닌가? 부사단장은 강동정치학원 출신으로 남로당 계열의 장교였다. 일단은 박헌영을 구출해야 했다. 그의 체포는 남로당 계열 장성들의 완전 몰락을 의미하는 것이기 때문이었다.

부사단장은 박헌영을 태우고 온 운전병에게 다가갔다.

"총참모장께서 어디에서 출발한 것인가?"

부사단장의 질문에 운전병 박무영이 의아한 표정을 지었다.

"6군단에서 출발하였습니다."

"지금 바로 6군단에 전언을 칠 수 있나?"

"예, 할 수 있습니다."

"6군단 참모장에게 박헌영 총참모장이 기갑사단에 체포되어 있다는 전언을 치게."

박무영의 얼굴이 새파랗게 질렸다.

"총참모장이 체포를…"

"시간이 없다. 전언을 치고 귀관은 나와 행동을 같이한다."

어찌 된 영문인지 알 수 없지만 박무영은 부사단장의 말을 일단 믿기로 했다. 6군단으로 전언을 보냈다.

〈현재 총참모장이 기갑사단에 연루되었다. 즉시 병력을 출동시켜 이곳 부대를 포위하라.〉

하지만 박무영이 전언을 보냈을 때는 이미 6군단 내 박헌영 세력은 조선인민군 정찰 총참모부로부터 무장해제당한 상태였다. 그 사실을 알 리 없는 부사단장은 박헌영의 경호원들과 사단장실로 향했다.

"자네들은 부속실 병력을 제압해라. 나는 사단장실을 제압하겠다."

부관실을 지나 사단장실로 들어선 부사단장은 지체 없이 사단장에게 권총을 겨누었다.

"이건 하극상이오!"

순간 연대장들이 권총을 뽑으려 했지만 뒤따라 들어온 박무영과 경호원들이 그들에게 총을 겨누었다.

"꼼짝 마라! 이미 부관실은 제압했다!"

사단장의 눈치를 살피며 연대장들이 천천히 총을 내려놓았다.

사단장과 부사단장이 서로 총을 겨누고 있는 절체절명의 상황이었지만 박헌영은 개의치 않고 조용히 담배를 빼어 물었다. 길게 담배 연기를 뿜던 박헌영이 사단장과 부사단장에게 총을 내려놓을 것을 명령했다. 자신을 체포하라는 명령이 떨어졌다는 의미는 이미 6군단과 예하 부대가 무력화되었다는 의미다. 또한 기갑부대 주변은 호위총국에서 이미 물샐틈없이 포위하고 있을 것이었다. 아군끼리 총질해야 하는 상황은 피해야 했다.

"연행에 응할 테니 둘 다 총을 내려놓으시오. 그리고 호위병들은 아무 연관이 없으니, 자발적으로 귀대하도록 조치해 주시오."

사단장은 허리춤에 총을 꽂은 채 박헌영을 정면으로 주시했고 부사단장은 낭패스러운 표정을 지었다.

"호위병들도 무장을 해제하고 체포하라는 상부의 지시입니다."

...

박헌영이 담배를 끄고 일어나 사단장실을 나서자, 호위총국 군관 2명이 박헌영의 양팔을 잡았다.

재판

3월 11일 체포된 그는 외부와 일체의 연락을 두절당한 채 사회안전성 예심국 유치장에 구금되었다. 그곳 유치장에 한동안 구금되어 있다가 1955년 초 평양으로 이송되어 독립가옥에 감금했는데, 그곳은 비교적 자유롭게 운동도 하고 독서도 할 수 있는 곳이었다.

군대와 당내에 박헌영의 세력이 막강했고 세가 많이 위축되었지만, 남로당도 무시할 수 없는 권력이었다. 박헌영을 체포하기는 했지만, 곧바로 조사를 하지 못한 채 시간을 보내다가 1955년 초부터 조사가 시작되었다. 9개월에 걸친 조사에서 박헌영은 혐의를 전면 부인했지만, 예정된 수순대로 재판에 회부되었다.

1955년 12월 최고 군사재판부의 주관으로 박헌영 부수상에 대한 공개재판이 열렸다. 재판장은 빨치산 출신 부수상 겸 민족보위상인 최용건이, 배심원으로는 소련 정보기관 출신 내무상 방학세와 김일성 유격대 출신이 최고 검찰소장 이송운이 각각 맡았다.

재판 방청객은 노동당 중앙위원, 중앙당 부장 이상 간부, 시·

도당위원장 등 1,000여 명이 참석했다. 많은 사람들이 박헌영의 국가 전복 혐의에 의구심을 품고 있었다. 자칫 역풍을 당할 수 있는 중차대한 문제였고 특히 소련의 개입은 우려스러운 일이었다. 김일성은 공개적으로 박헌영의 범죄사실을 만천하에 공개할 필요성이 있었다. 그 누구도 의문을 품지 못하도록 공개재판을 열도록 지시한 것이다.

호송원들이 박헌영의 팔짱을 끼고 재판장에 입정했다. 재판장에 들어서고 있는 박헌영은 시선을 정면으로 향한 채 표정을 잃지 않았다. 검찰 측이 공소사실을 낭독하고 사형을 구형하는 논고장을 모두 읽어 내릴 때까지도 두 눈을 지긋이 감은 채 일체의 표정 변화를 보이지 않았다. 국가 전복 혐의로 재판이 진행되는 것으로 알았던 방청객들 사이에 웅성거리는 동요가 잠시 있었다. 검찰 측의 공소사실은 미제 간첩행위에 대한 것이었기 때문이다.

재판장이 물었다.
"검사의 논고를 들었소?"
"잘 들었소."
"어떻게 생각하는가?"
"논고장이 길어 질문의 의도를 모르겠소."
재판장이 곧바로 대답하지 못하고 멈칫거리자, 배심원 방학세가 재판장 책상 위에 놓인 서류를 넘기며 귓속말을 속삭이자 재차 물었다.

"검사는 당신이 미제 간첩이라고 선언했지 않은가?"

"재판장이 보는 미제 간첩이라는 개념이 나와는 큰 차이가 있소."

"스파이면 스파이지 개념이 차이가 있다는 말은 무슨 말인가? 당신은 내무성 예심처 조사 과정에서 미국 놈들과 여러 차례 만났다는 사실을 시인하지 않았는가?"

"그렇소. 멀리는 상해에서 가깝게는 남조선에서 혁명사업을 하면서 여러 차례 미군정 고위 인사를 만났소."

"그것이 스파이가 아니고 무엇인가? 전 인민들이 이 엄숙한 재판을 주시하고 있다. 섣불리 모면하려는 수작을 부리지 마라. 왜 스파이를 했는지 말하라."

"미군정 인사들에게 이승만 세력을 감싸고 돌지 말고 민전(민주주의 민족 전선) 인사들의 활동도 도와달라고 요청했소. 그리고 하루속히 남조선에서 미국이 물러가고 조선인 손으로 통일을 이룰 수 있도록 도와달라고 요청했을 뿐이오."

재판장이 곤혹스러운 표정을 지었다. 재판장이 박헌영에게 법률 지식 및 논리에서 밀리는 듯하자, 배심원인 방학세가 나섰다.

"민전을 도와달라고 요청하는 것이 바로 미제와 손잡고 혁명하려는 것이지 무엇인가?"

"미군정이 민전 활동을 감시하고 공산당 당원을 체포하는 것을 항의한 것이지 그들과 손잡고 혁명사업을 하려는 것은 아니었소."

배심원 방학세가 발끈하며 소리를 질렀다.

"무슨 소린가!? 예심처에서 미제들과 주고받은 담화 내용과 그 증거들을 확보하고 있는데 그래도 부인할 작정인가? 공화국 원수 미제 간첩이 인민 앞에 솔직히 죄과를 털어놓고 용서를 빌어도 모자랄 판에 어디서 주둥아리를 까발리는가?"

방학세의 질책에 박헌영이 용수철처럼 튀어 올라 일어서더니 안경을 벗어 바닥에 세게 내려쳤다. 안경알이 산산조각이 나며 파편이 사방으로 튀었다.

"그래! 네 말대로 미제 스파이였으니 멋대로 해라!"

호송병들이 바닥에 흩어진 안경 파편을 주웠고 방청석 일부 고위 간부들의 입에서 "저 새끼 아직도 정신 못 차렸구먼. 저런 새끼는 재판을 받을 필요가 없어."라며 웅성거렸다. 그들은 김일성의 직계인 빨치산파 또는 갑산파 간부들이었고 그들과 반대에 서 있던 연안파와 소련파 간부들은 굳은 표정으로 묵묵히 지켜볼 뿐 아무런 말이 없었다.

방청석에서 박헌영을 비난하는 소리에 고무된 배심원 방학세가 손바닥으로 책상을 세게 내려쳤다.

꽝!

"여기가 어딘 줄 알고 그따위 망동을 부리는가? 동무는 아직도 왜 이 자리에 있는지 모르고 있는가?"

박헌영이 깊게 숨을 들이마시고 흥분을 가라앉힌 채 천천히 대답했다.

"알고 있소."

방학세가 다가와 박헌영의 면전에 손가락질하며 빠르게 말을 쏟아냈다.

"동무는 반당 종파분자 두목으로 공화국 특급 비밀을 미제들에게 까발린 스파이 왕초였다. 동무를 믿고 공화국에 따라 올라온 전 외무상 이강국, 전 주중대사 권오직, 전 최고 인민 회의 상임위원 구재수 등이 그 증인으로 이 자리에 와 있지 않은가? 지금 저자들은 혼자만 살아남기 위해 비겁한 행동을 하는 동무에게 실망과 조소를 보내고 있다. 종파분자 두목답지 않은 행동을 벗어던지고 솔직히 동무의 죄과를 시인하고 용서를 비는 것이 도리 아닌가?"

방학세가 논리 정연하게 박헌영을 몰아세우자, 재판장이 헛기침을 몇 번 하고 박헌영에게 물었다.

"동무는 미제 간첩임을 시인하는가?"

재판장의 질문을 무시한 채 박헌영이 방청석으로 고개를 돌려 전 외무상 이강국, 주중대사 권오직, 전 최고 인민 회의 상임위원 구재수의 얼굴을 차례차례 보았다. 박헌영이 자신들을 바라보자, 그들은 볼 면목이 없다는 듯 고개를 떨구었다. 그들의 표정은 "억지로 자백하고 끌려와 있는 저희들을 용서해 주십시오."라고 말하는 것 같았다.

그들의 표정을 읽은 박헌영의 초점 없는 눈길이 재판장을 향했다. 2~3분간 재판정에 침묵이 흘렀고 숙연한 분위기가 흘렀다. 숙연한 법정 분위기를 타고 박헌영이 재판장에게 조용히 물었다.

"당신들이 지금 나에게 무엇을 요구하고 있는지 잘 알고 있다.

이것이 마지막 진술 기회인가?"

"그렇다."

"알겠다. 이야기가 조금 길더라도 양해할 수 있는가?"

재판장이 발끈했다.

"이미 예심처 조사 과정에서 다 말하지 않았는가? 그 이야기를 시인하는지 여부만 간단하게 하면 되지 않겠는가?"

"그렇다면 예심처에서 조사한 사실만 가지고 당신들끼리 모여 최종 결론을 내리지 않고 왜 나를 재판정까지 끌고 나왔는가? 이렇게 많은 간부에게 이 박헌영의 몰골을 마지막으로 보여주기 위함인가? 자, 박헌영을 똑바로 봐라."

박헌영이 벌떡 일어나 방청객을 둘러보며 매서운 표정을 지었다.

"그래, 동무의 말이 옳소. 이 자리는 동무가 예심처에서 못했던 말을 다 할 수 있는 곳이오. 지루하겠지만 들어주겠소."

박헌영의 매서운 표정을 본 재판장이 갑자기 박헌영에게 존댓말을 하며 발언을 허락했다.

"나는 이 자리에 오기 훨씬 전부터 죽을 목숨인 것을 알고 있었다. 이 재판은 요식행위일 뿐 어떠한 최후 진술도 너희들의 각본을 뒤집을 수 없다는 사실을 잘 알고 있다. 그렇다면 결론부터 말하겠다. 너희들의 주장대로라면 나는 미제 간첩이었다. 그러나 너희들이 주장하는 미제 간첩과 내가 주장하는 미제 간첩은 엄연히 다르다. 나는 남조선에 있을 때, 아니 그 훨씬 전부터 미국 사람들과 교분이 있어 왔다. 그 교분은 조국의 해방과 통일을 위한 차원이지 결코 간첩행위가 아니다. 남조선에서 나는 미군정 고위 장성들을 만나 내가 통일 조국의 최고 책임자가 되면 미국과도 국가정책을 협의할 수 있다고 분명히 밝혔다. 내가 약속한 그 협의는 현재 소련과 미국의 두 지도자가 서로 얼굴을 맞대고 국제문제를 협의하고 있는 것과 같은 맥락이다."

카랑카랑한 목소리로 최후 진술을 하는 박헌영의 목소리가 재판정을 압도하고 있었다.

"동무는 미국의 스파이 활동을 대체적으로 시인하고 있는데 구체적으로 어디서 누구와 연락했고 어떤 자료를 제공했는가?"

"재판장은 말귀를 그토록 알아듣지 못하는가?"

말귀를 알아듣지 못한다는 핀잔에 재판장의 얼굴이 붉으락푸르락했다. 실제로 재판장은 사건의 핵심을 찌르는 질문을 하지 못하고 있었다.

"마지막으로 한마디만 더 하겠다. 그대들 말대로 내가 미국의 스파이였다고 치자. 모든 것은 내가 주도했을 뿐 남로당 간부들은 책임이 없다. 그들은 모두 조국의 해방과 통일, 사회주의 혁명 과업을 위해 밤낮으로 일해온 정직한 애국자들이다. 나에게 떨어진 죄의 대가가 어떤 것이든지 달게 받겠으나 죄 없는 남로당 간부들을 처벌하는 일은 없어야 한다."

박헌영의 최후 진술을 들은 재판부는 잠시 휴정을 했고 당의 지시를 받은 판결문을 읽어 내린 후 형량을 선고했다.

"박헌영을 사형에 처한다!"

장장 5시간에 걸친 재판은 끝이 났고 김일성 직계 간부들은 기세등등한 표정으로 법정을 나섰고, 대부분의 참관 간부는 굳게 입을 다물고 착잡한 표정으로 법정을 나섰다.

다음 날 아침 내무성 간부 회의실에서 정치국장 강상호와 예심처장 주광무 등 고위 간부들이 참석한 가운데 방학세 내무상 주재로 박헌영 재판에 따른 대책 회의가 열렸다.
예심처장 주광무가 먼저 입을 열었다.
"수상 동지께서는 박헌영에 대한 사형집행을 빨리하라고 독촉하고 있고, 소련에서는 박헌영이 미제 간첩임을 입증할 증거가 제시되기 전에는 사형집행을 해서는 안 된다고 압박하고 있습니다."
"박헌영의 진술과 일당들의 자백이 있는데 구체적인 증거가 뭐가 더 필요하다는 말이오?"
무거운 표정으로 보고를 받고 있던 방학세가 불같이 화를 내며 소리를 질렀다. 조용히 듣고 있던 정치국장 강상호가 화를 참지 못하는 방학세에게 조심스럽게 건의했다.
"내무상 동지, 지금 당장 박헌영을 사형할 경우 소련을 비롯한 형제국들의 비난을 피하기가 어렵습니다. 그러니 당분간 사형집행을 보류하고 증거를 찾아야 합니다."
"그러면 수상 동지의 지시는 어떻게 하란 말이오?"
방학세가 짜증스럽게 소리를 질렀다.
…
누구도 방학세의 물음에 답변하지 못했다. 1년여간 조사를 했고 재판하는 과정에서 결정적 증거를 찾지 못했다는 사실은 부실 수사로 질타받을 것이 분명했기 때문이다.

"나와 당신들의 목은 이론가의 스파이 증거를 찾아내느냐에 달렸소."

방학세가 둘을 향해 엄포를 놓고 쾅 소리가 나도록 문을 닫고 나가버렸다.

김일성을 마주 대한 방학세가 긴장된 표정으로 보고를 올렸다.

"수상 동지, 소련에서는 리론가가 미제 스파이라는 구체적인 증거를 대지 않는 한 사형집행에 동의할 수 없다고 합니다."

김일성이 의아한 표정으로 물었다.

"리론가가 미제 간첩임은 천하가 아는 사실 아니오?"

"예, 그렇습니다. 하지만 지금까지 리론가 주변 인물들의 진술과 리론가의 자백 외에 어떤 증거도 드러난 것이 없습니다."

"그자들이 미제 앞잡이 일을 하며 내가 미제 앞잡이네 하며 증표를 남기기라도 하겠소?"

"그 점이 저희의 애로점입니다."

"그래, 무슨 대책이라도 있소?"

"반드시 이론가를 사형 집행할 확실한 증거를 확보하겠습니다."

"지금까지 조사한 기간만 2년여 가까이 된 것으로 알고 있는데, 시간이 더 필요하다는 것이오?"

...

방학세의 몸이 점점 오그라들었고 진땀까지 흘리고 있었다.

"시간을 조금 더 주십시오."

김일성이 손으로 턱을 괴었다. 그는 쉽지 않은 결정을 할 때 손으로 턱을 괴는 버릇이 있었다.

"좋소. 리론가의 사형집행 보류는 내무성의 건의를 받아들이 겠소. 그 말의 의미는 모든 책임은 내무성에서 져야 한다는 의미요."

"알겠습니다."

예심처에서 눈에 불을 켠 채 증거를 찾아 헤매었지만 3개월이 지나도록 증거는 나타나지 않았다. 내무성 특수요원을 전부 동원하여 증거를 수집했지만, 증거가 나오지 않자 방학세는 자포자기 심정이었다. 엎친 데 덮친 격으로 소련 대사 이바노프는 김일성을 여러 차례 방문하여 박헌영을 소련으로 보낼 것을 요구했다. 소련 대사의 요청은 곧 소련 고위층의 의사였다. 김일성은 요청을 무시할 수는 없었고 그때마다 의견을 참고하겠다며 시간을 벌고 있었다.

방학세를 세워두고 김일성은 불같이 화를 냈다.

"소련에서는 리론가를 넘기라고 하고 내무성에서는 아직까지 증거를 찾아내지 못하고 있소. 만약 소련의 요구를 받아들인다면 이는 후환을 감당할 수 없는 일이오."

박헌영을 살려둠으로써 자신을 견제하고 조종하고 언제라도 북한의 통치자를 바꿀 수도 있다는 스탈린의 의도를 모를 리 없는 김일성이다. 박헌영을 소련으로 넘기라는 스탈린의 압력이 강력했지만, 어떤 대가를 치르더라도 박헌영을 소련으로 보낼 수는 없으며 살려두어서는 안 되었다. 김일성은 올해가 가기 전에 반드시 사형을 집행할 명분을 찾아오라며 주먹으로 책상을 내려쳤다.

1956년 8월 하순이었지만 뜨겁게 달궈진 대지에서 뜨거운 지열이 올라와 평양 시내가 한산했다. 한산한 도로 중앙을 5대의 검은색 세단이 빠른 속도로 이동하고 있었다. 동유럽 형제국 순방을 떠난 김일성이 평양으로 급하게 돌아온 것이다.

공산당 5대 정파 중 연안파의 부주석 최창익은 김일성이 동유럽으로 떠난 것을 기회로 김일성을 축출하려 했다. 무대는 평양에서 열린 조선노동당 전당대회였다. 최창익은 김일성을 공개적으로 강력하게 비판하며 주석직에서 물러나도록 시도했다.

하지만 이들은 김일성파가 견고하고도 폭넓게 뿌리내리고 있다는 사실에 주목하지 않은 채 거사를 일으켰다. 즉시 김일성파는 전당대회에서 이들의 요구를 무력화시키고 최창익 일파와 연안파 세력을 연금시켰다.

그런 사실을 동유럽에서 보고받은 김일성은 촌각을 다투어 평양으로 돌아와 연금되어 있는 반대파들을 투옥하고 무자비하게 숙청했다. 그 사건은 반대파들을 숙청하는 호재가 되었을 뿐만 아니라 정치지도부를 김일성으로 단일화시켰고 독재체제를 강화하는 계기가 되었다.

하지만 정적들에게 자신의 지위를 위협하는 빌미를 주어서는 안 된다. 김일성은 반란의 배경을 내무성에서 철저히 조사하여 보고하도록 지시했다. 내무성에서 올라온 보고는 스탈린 사망 후 거세게 불고 있는 개인숭배에 대한 비판과 1인 독재 배격 운동, 그리고 박헌영의 정치노선에 그 원인이 있다는 보고였다.

박헌영의 정치노선에 원인이 있다는 보고에 김일성이 얼굴을 찌푸렸다.

"방 동지! 그 리론가는 지금 어떻게 되었어?"

내무상 방학세가 진땀을 흘리며 힘들게 답변했다.

"예심처에서 백방으로 노력했지만, 수상 동지께서 만족하실 증거는 찾지 못했습니다."

"그러면 그 리론가 사형집행을 하지 말라는 말인가?"

호통이 터져 나왔다.

"증거고 나발이고 필요 없다. 오늘 밤에 당장 목을 따 버리라우."

내무상이 말을 더듬었다.

"수상 동지… 소련과 형제국들의 여론을 무시할 수 없습니다. 명확한 증거가 나오지 않은 상태에서 사형 집행은…"

"그래서, 리론가를 살려두자는 말인가?"

"제가 사형 집행할 명분을 반드시 수집하겠습니다. 한 달간만 시간을 주십시오."

잔뜩 긴장한 예심처 중좌가 내무상 방학세 앞에서 부동자세로서 있다. 간결하게 내리는 지시를 듣는 내내 그의 얼굴은 흙빛으로 변해갔다. 박헌영을 국가 전복 혐의 수괴로 엮되 15일 내 결과물을 가져오라는 것이다. 만약 지시 사항을 이행하지 못할 때는 자신의 목숨은 물론 가족들도 무사하지 못할 것이었다. 내무상의 지시는 곧 북조선 존엄의 지시인 것을 알고 있는 중좌의 몸이 심하게 떨렸다. 수단과 방법을 가리지 않고 성사해야 하는 일이었다. 예심처로 돌아온 그는 즉시 박헌영을 소환하여 심문에 들어갔다.

그의 심문은 군더더기 없이 곧장 핵심을 찌르고 들어갔다.

"이승엽 등이 국가 전복을 모의하는 것을 몰랐는가?"

"아니! 미제 간첩으로 몰다가 안 되니까 이제 국가 전복 혐의를 내게 씌우려는 것인가?"

박헌영이 분노로 온몸을 부들거리며 떨었다.

"묻는 말에 대답해라."

"나는 아는 바가 없다."

"보고를 받은 사실은 없지만 은연중에 알게 되었고 그것이 적극 추진되기를 바란 게 아닌가?"

"그런 사실 없다."

박헌영의 부인은 완강했다. 미제 간첩으로 사형을 선고받았지만, 소련과 형제국들의 승낙 없이는 사형집행이 곤란한 점을 박헌영은 이미 알고 있었다. 하지만 국가 전복 사건에 연루되어 버리면 소련도 자신을 구할 수 없을 것이었다. 실제로 국가를 전복하려던 시도가 있었는지 여부는 알지 못했지만, 자신은 관여한 사실이 없었다.

"국가 전복 사건으로 남로당 간부들이 얼마나 처벌받았는지 아시오?"

…

"당신은 남로당의 책임자로 간부들 죽음에 어느 정도 책임을 져야 하지 않소?"

"도의적인 책임은 느끼고 있다."

"당신들 부하들의 죽음에 고작 도의적인 책임만을 느낀다는 말이오?"

"그러면 내가 어떻게 해야 하느냐? 내가 그들의 목숨을 살릴 권한과 힘이 있느냐?"

"평생 동지들과는 죽음도 함께 해야 하는 것 아니오?"

"그래서 나를 죽이려고 사형을 선고하지 않았느냐?"

"소련이 당신을 구하려 한다는 소문을 들었나?"

"…들어서 알고 있다."

"소련의 의도대로 될 것 같나?"

"그것은 내가 답변할 내용이 아니다."

"종파분자 새끼!"

구둣발이 얼굴을 향해 날아왔고 둔탁한 소리와 함께 바닥으로 쓰러졌다. 지금까지 조사를 받으며 폭행이나 고문당한 사실이 없던 박헌영은 느닷없는 조사관의 발길질에 당황한 표정이 역력했다.

"야 박헌영이! 종파분자 새끼야! 너는 인정해도 죽고 부인해도 죽어! 법원 판결 없이도 너는 죽을 수도 있어."
...
"지금 이 순간 내가 결심한 게 뭔지 아나?"
...
"내가 당신을 죽여 버리겠소."
심문하던 중좌가 이를 부드득거리며 말을 씹어냈다.
"내가 죽여 버리면 소련도 더 이상 요구하지 못할 것 아닌가?"
조사를 시작한 지 얼마 되지 않았고 조사관이 원하는 자백을 얻지 못했지만, 심문은 종결되었다.

창문도 없는 독방으로 돌아와 조사관이 한 말의 의미를 생각했다. 과연 조사관의 말대로 나를 죽인다면 소련의 요청을 무력화시킬 수 있을 것이다. 그로 인해 조사관이 처벌을 받겠지만 상부의 의도를 관철한 것이기에 솜방망이 처벌에 불과할 것이고 시간이 지나면 요직으로 중용될 것이다. 그렇다면 조사관의 말이 허튼 말은 아닐 것이다.
깊은 생각에 잠겨 있는데 좀체 열리지 않는 철문이 삐걱 소리를 내며 열렸다. 열린 문으로 두 마리의 늑대가 낮게 으르렁거리며 들어섰다. 며칠을 굶었는지 늑대들의 눈은 광기로 번득였고 분홍색 혀 사이에 이빨이 날카로웠다. 낮게 으르렁거리던 두 마리의 늑대가 헌영에게 달려들었다. 헌영은 구석으로 몸을 웅크리며 목과 얼굴을 감쌌지만, 늑대들은 인정사정 봐주지 않고 온

몸을 날카로운 이빨로 찢어 놓았다. 늑대들은 살과 피를 이빨로 씹었고 목구멍으로 넘겼다. 늑대들은 모든 살과 피를 목구멍으로 넘기려는 듯 맹렬하게 살을 찢었다.

공포에 질린 헌영이 다급하게 소리를 질렀다.

"그만! 너희들이 원하는 답을 하겠다!"

4명의 사내가 들어와 헌영으로부터 늑대들을 떼어놓았을 때 몸 곳곳은 살점이 떨어져 나갔고 허연 뼈가 드러나 있었다. 그들은 늑대에게 물린 상처도 치료해 주지 않은 채 방치하여 밤새 욱신거리는 상처 때문에 잠을 이루지 못했다. 상처에서 곧 시퍼렇게 독이 퍼지기 시작했다. 음식과 물을 공급하지 않은 채 3일간 방치했다. 자리에서 일어날 수 없을 만큼 몸은 허약해졌고 정신은 혼미했다.

얼핏 잠이 든 것도 같다. 희미한 의식 속에 문이 열리는 소리가 났다. 본능적으로 몸을 웅크리고 가늘게 눈을 뜨고 문 쪽을 바라보았다.

"리론가 동지!"

다정하게 자신을 부르며 들어서는 이는 김일성이었다. 몸을 일으키려 했지만, 몸이 어찌나 상했는지 꼼짝할 수가 없었다.

"아, 그대로 누워 계시오."

입을 벌렸으나 목소리가 목을 넘지 못했다. 측은한 눈길로 바라보던 김일성이 천천히 입을 열었다.

"리론가 동지! 당신은 조선의 레닌이라고 할 만큼 뛰어난 사상가요. 우리 공화국의 미래를 위해 당신은 필요한 사람이오. 그리고 남로당을 위해서도 당신을 살려두고 싶소. 하지만 당신은 미국과 내통하여 서울에서 3일간 머무르게 했소. 20만 남로당원들이 봉기할 것이라고 하는 말을 나는 믿었소."

몸속 깊숙이 박혀있던 고통이 사라지고 희미하던 의식도 명징하게 돌아왔다. 목을 넘지 못하던 목소리가 카랑카랑하게 공간으로 울려 퍼졌다.

"미국과 내통했다는 말은 예심처 조사 내용을 보면 정확히 알 수 있을 것이오. 물론 남로당이 위축되었던 것은 사실이지만 남로당의 활약에 당신도 고무되지 않았소? 전쟁에서 진 이유는 수백 가지가 넘을 것이오. 우선 가장 큰 이유가 후방에 병력을 남기지 않고 낙동강으로 집중했기에 적들이 인천으로 상륙해서 보급로를 끊은 것이 가장 큰 패인인 것을 당신은 알고 있지 않소?"

"이것 보시오. 지리산 빨치산 유격대는 무엇이오? 이현상이가 이끌던 빨치산 유격대는 무엇이란 말이오? 당신 말대로 남로당 처지는 그렇다 칩시다. 빨치산 유격대가 전쟁 중에 한 게 무엇이오? 그들도 몸을 일으키지 않았소."

"이현상의 빨치산은 최후의 순간까지 조국의 혁명을 위해 싸우다가 장렬하게 전사했소. 그런데도 당신은 빨치산이 한 일이 무엇이냐고 따지는 것이오? 좋소. 내가 지금 와서 무엇이라고 변명해도 무슨 소용이 있겠소. 하지만 내가 만약 미국의 스파이 노릇을 했다면 그 이유가 있을 게 아니오? 내가 무슨 부귀영화를 바라고 스파이 노릇을 했겠소?"

"당신은 조선의 천재로 소문이 자자한 사람 아니오? 휴전 후의 상황을 염두에 두지 않았느냐 말이오? 그 말은 곧 나를 전쟁 패전의 책임을 물어 죄를 뒤집어씌우고 당신이 권력을 잡기 위해 그런 것이 아니냐 말이오?"

김일성을 바라보는 박헌영의 눈이 편안해 보였다.

"지금 돌이켜보면 소리만 요란하고 날지도 못하는 찢어진 날개를 달고 어둠의 조각을 맞추려 했지만 결국 한 조각도 맞추지 못하고 이렇게 인생을 마감하게 되는구려. 돌이켜보니 아무것도 아니더이다. 다만 누가 먼저 가고 나중에 오는가의 문제일 뿐 땅 위에 살다가 땅속으로 거처를 옮기는 것은 누구도 예외가 없는 법. 당신도 거처를 옮기는 날이 올 터, 그때 허심탄회한 이야기를 나눕시다."

박헌영이 긴말을 쏟아내고 조용히 눈을 감자 김일성이 천천히 권총을 빼 들었다.

"젊은 시절부터 같이 항일투쟁을 했고 사회주의 건설을 위해 노력한 공로를 감안하여 고통을 여기서 멈추어 주겠소. 잘 가시오, 동지."

박헌영이 눈을 뜨고 김일성을 바라보는 눈길이 그윽했다.

"내 마지막으로 한마디만 하리다. 배를 곯는 인민들이 없는 복되고 좋은 나라 만들어 주시오. 그래야만 당신과 내가 지은 죄과를 조금이라도 씻을 수가…"

탕!

박헌영의 말이 채 끝나기도 전에 총알이 가슴을 관통했다.

차라리 꿈이 아니길 바랐다. 하지만 희미하게 의식이 돌아왔을 때 온몸에 물바가지를 뒤집어쓴 듯 축축이 젖어있었다. 몸은 불덩이처럼 펄펄 끓었고 몸은 움직이지 못할 만큼 지독한 통증이 몰려들었다. 어디선가 날아온 독화살에 정신을 맞은 듯 의식과 무의식의 경계를 오갔다. 복도 쪽에서 여러 사람이 걸어오는 발소리가 들린다.

육중한 철제 문이 열리고 들어온 이는 현엘리스였다. 검은색 치마에 하얀 블라우스를 받쳐 입은 그녀는 상해 황포 강변에서 보았던 모습 그대로였다. 헌영이 몸을 일으키려 안간힘을 썼지만, 몸을 움직일 수 없었다. 그녀는 조용히 다가와 헌영의 얼굴을 두 손으로 감쌌다. 부드러운 숨결과 따스하게 전해지는 온기에 잠시 통증이 멈추는 듯했다. 헌영은 몸을 일으켜 앉아 그녀의 손을 잡았다.

"당신을 상해에서 처음 보았을 때 내 여자라는 생각을 했소."
"저도 당신을 처음 보았을 때 알 수 없는 운명을 예감했어요."
"그런데 그때 왜 나를 떠났던 거요?"
"떠난 건 제가 아니고 당신이었어요. 당신만큼 자신과 인간을 대하는 자세가 열정적인 사람을 본 적이 없었어요. 신문기자라는 앞날이 보장된 직업을 팽개치고 혈혈단신 머나먼 상해까지 와서 조국 독립을 위해 물불을 가리지 않는 당신을 보았을 때, 그리고 당신이 러시아어와 중국어, 불어 등 4개 국어를 능란하게 구사하는 천재라는 사실을 알았을 때, 내 마음은 중심을 잡을 수 없었습니다. 당신은 완벽하게 지적이고 원시적인 열정으로 넘쳐나는 남자였어요. 만약 당신이 떠나지 않았다면…"

"그랬구려. 그런 일이 있었구려."

서로를 바라보는 시선이 애틋했다. 조용히 손을 잡는 현엘리스의 얼굴에서 굵은 눈물이 흘러내렸다.

"나는 이미 죽음에 대한 두려움도 삶에 대한 미련도 없습니다."

"죽는다니! 갑자기 뜬금없이 죽는다는 말이 무슨 말이오?"

놀란 표정으로 주위를 둘러보았다. 창문도 없는 지하감옥에 죄수복을 입은 현엘리사가 조용히 눈물을 흘리고 있었다.

헝클어진 머릿속에서 문득 뭔가가 스쳐 지나갔다.

"그래! 당신도 조사를 받는 처지가 아니오?"

"저는 어떻게 되든 상관없습니다. 다만 당신 같은 사람이 원대한 포부를 펼치지 못하고 뜻을 접는다는 게 가슴 아플 뿐이에요."

"이제 원대한 꿈도 희망도 다 접었소. 운명은 비켜 갈 수가 없는 것이오. 처음이고 마지막까지 사랑한 당신도 또한 운명이라 생각하겠소. 그리고 미안하다는 말을 전하고 싶소."

현엘리사는 헌영을 조심스럽게 안았다.

"우리 저세상으로 가면 이제 이념이니 통일이니 하는 것에 관심을 두지 맙시다. 만약 저세상이 있다면 조그만 마을에서 오순도순 필부필남으로 살아갑시다."

현엘리사가 천천히 일어나 몸을 돌려 문 쪽으로 걸어갔다. 헌영은 두 손을 뻗으며 같이 가자고 소리를 질렀지만, 목소리는 공간으로 흐트러졌고 그녀는 문 건너편으로 사라져갔다.

손을 휘저으며 의식이 들었을 때는 몸 상태가 더욱 좋지 않았다. 꼼짝없이 누워서 의식과 무의식의 경계를 넘나들었고 헛것이 보였다. 내리쬐는 햇살이 따가웠다. 강둑에서 흰색 저고리를 곱게 차려입은 어머니가 손짓하며 불렀다. 하지만 소년의 귀에는 물살 소리만 들릴 뿐 아무것도 들리지 않았다. 소년은 어머니를 외면한 채 물고기를 잡았다. 잡아놓은 물고기는 얽히고설킨 그물 사이로 전부 빠져나갔고 애타는 심정으로 그물을 옭아매지만, 그물은 더 큰 틈새로 벌어지고 있었다.

손을 뻗어 소리를 지르며 눈을 떴을 때 그곳은 단단한 콘크리트 바닥이 아닌 침대 위였다. 간신히 눈을 뜨고 주변을 살펴보니 병원인 듯했고 중좌가 곁을 지키고 있었다. 중좌의 옆에 서서 내려다보고 있는 자는 내무상 방학세였다.

"박 동무, 이 지경이면 진작 이야기를 했어야지 왜 나한테 이야기하지 않았소?"

"…"

"지금부터 몸조리를 잘하도록 하시오. 일단 기력을 회복해야 하지 않겠소?"

병원에서 치료를 받고 미음을 먹을 만큼 몸이 회복될 무렵 내무상 방학세가 또다시 찾아왔다. 이리저리 몸 상태를 확인한 그는 군더더기 말을 생략한 채 결론만을 전달했다.

"세 가지 제안을 하겠소. 당신이 국가 전복 혐의를 인정한다면 첫째, 남로당 간부들에 대한 문책을 중단하겠소. 둘째, 공화국에 있는 당신의 가족들을 외국으로 보내 살 수 있도록 조치하겠소. 셋째, 당신이 그토록 아끼던 현엘레사도 선처하겠소."

세 가지 조건을 조용히 듣고 있던 헌영이 방학세를 바라보며 물었다.

"김일성 동지의 제안인가?"

"제안이 아니고 지시요."

마지막 맥이 빠져나가는 한숨을 길게 쉰 헌영이 힘없이 고개를 돌리며 창밖으로 시선을 던졌다.

"모든 것이 내 불찰이다. 당신들이 원하는 것 전부를 시인하겠다."

"그리고 동무, 가급적이면 고통 없이 죽을 수 있도록 배려하라는 상부의 지시요. 그 시간도 가급적이면 빨리… 대신 당신이 재판에서 최후 진술할 내용을 전달하니 숙지해서 그대로 진술하시오. 만약 그렇지 않으면 당신이 지금까지 겪은 고통은 고통이 아니라는 것을 알게 될 것이오. 어차피 당신은 죽을 목숨이니 고통스러운 시간을 더 이상 갖지 않기를 바라겠소." 그가 건넨 것은 법정에서 읽을 최후 진술서였다.

"검사총장의 논고는 전적으로 지당하다. 따라서 나의 죄악이 엄중성으로 보아 사형은 마땅한 것이다. 내가 미국 간첩들의 두목이고 그들로 하여금 나 자신이 희망하는 범죄를 감행하도록 모든 것을 비호 보장하여 온 장본인인 까닭에 전적으로 나에게 책임이 있다. 끝으로 내가 과거에 감행해 온 반국가적 죄악이 오늘 공판에서 낱낱이 폭로된 바 있지만, 여기 온 방청인들뿐만 아니라 더 널리 인민들 속에 알려 매국 역적의 말로를 경고해 주기 바란다."

최후 진술서를 천천히 읽어보던 박헌영의 입가에 씁쓸한 미소가 번졌다.

길고 긴 조사 기간을 거쳐 1955년 11월 최고 인민 회의 상임위원회가 구성한 특별재판소에서 재판이 시작되었다. 검사가 기소장을 읽어 내렸고 기소장에 적힌 범죄 실에 대한 인정 심문이 있었다.

"국가 전복 혐의를 인정하느냐?"

"새 정부, 새 당의 조직에 관한 것과 무장 폭동 음모에 직접 참가하거나 그러한 범행을 조직, 지도한 사실이 없기 때문에 이 부분에 대한 책임을 지기는 곤란하다. 기타는 전부 시인한다."

박헌영이 고개를 떨구는 것을 본 재판장이 애매한 표정을 지었다.

"… 국가 전복 혐의를 인정하지 않는다는 말로 들리는데…"

다소 애매한 진술에 재판장은 증인들을 세워 박헌영을 몰아세웠다.

증인으로 나온 권오직은 박헌영이 조선 인민의 수령으로 자처해 왔고, 해주 제일 인쇄소의 대남 출판물을 악용하여 주로 자기의 공명(功名)을 선전하도록 하였다고 증언했다. 또 자신이 중국 대사로 임명되어 떠나는데 중국에서는 아무것도 배울 게 없다고 말하였으며, 그들과 교섭할 때 속을 털어놓고 할 수 없다고 했다.

남로당 비서 시절 온갖 아부를 떨던 사람들이 전부 적으로 돌아서 박헌영을 비난하려고 혈안이 되어있었다. 증언하는 그들을 바라보는 박헌영의 시선이 서늘했다.

"좋다. 그렇다면 이렇게 이야기해 주겠다. 내가 주도적으로 조직·지도한 적은 없지만 남로당 간부들이 국가를 전복하려는 무장 폭동을 일으키고 있는 사실을 은연중에 알았고, 그 시도가 성공하기를 은연중에 바란 사실은 있다. 되었는가?"

논고를 하는 검사총장은 공판의 의의와 특수성, 남북부 민주역량 파괴 및 약화 행위, 공화국 정권 전복 음모 행위 등 박헌영의 죄상을 지적한 다음 사형을 구형했다.

재판장이 마지막으로 할 말이 있는가 묻자 박헌영이 자리에서 천천히 일어나 법정을 둘러보고 최후 진술서를 읽기 시작했다.

"검사총장의 논고는 전적으로 지당하다. 따라서 나의 죄악이 엄중성으로 보아 사형은 마땅한 것이다. 내가 미국 간첩들의 두목이고 그들로 하여금 나 자신이 희망하는 범죄를 감행하도록 모든 것을 비호 보장하여 온 장본인인 까닭에 전적으로 나에게 책임이 있다. 끝으로 내가 과거에 감행해 온 반국가적 죄악이 오늘 공판에서 낱낱이 폭로된 바 있지만, 여기 온 방청인들뿐만 아니라 더 널리 인민들 속에 알려 매국 역적의 말로를 경고해 주기 바란다."

최후 진술이 끝나자, 판사가 판결문을 낭독했다.

"피고인 박헌영을 사형에 처한다!"

판사가 사형을 언도하자 박헌영이 가만히 눈을 감았다.

인적 없는 강에서 홀로 고기를 잡고 있던 소년이 허리를 펴고 강을 바라보았다. 물안개 가득한 강 위로 산에서 날아오른 잿빛 매가 햇빛을 받아 반짝이는 잔물결 위를 스치듯 낮게 날았다. 강 둑에 핀 진달래가 눈부셨다. 강둑 길 너머에서 밥 짓는 연기가 피어오르고 있었다.

"나는 조선의 독립과 진정한 자유 국가인 조선을 위해 이 한 몸 바칠 각오가 되어있다. 여러분은 어떤가?"

"동참한다!"

"나와 함께 위대한 인민민주주의를 실현할 각오는 되어있는가?"

"우리는 박헌영 동지를 결사의 정신으로 보위한다. 박헌영 동지 만세!"

계곡에서 불어온 바람에 연기가 허공 속으로 흐트러졌고 목소리가 흐트러졌다. 절정의 시절이었다.

"우리는 박헌영이 남조선 공산당 지도자로서 미군정의 잘못한 행동에 대해 지적할 수 있는 권리가 있다고 생각합니다. 나는 그것을 믿을 수 없다. 농민, 노동자, 학생들이 학살당하는 것에 대해 묵과해서는 안 된다는 박헌영의 생각이 옳다고 본다. 남조선에서 올바른 정책이 실현되었다면 박헌영은 진짜 애국자로서 이를 반대하지 않았을 것이다. 김구와 이승만은 진짜 나쁜 사람들이다."

마이크를 통해 흘러나오고 있는 목소리의 주인공은 김일성이었다.

"우리 리론가는 늦게 올 모양이니 먼저 회의를 시작합시다. 거기 리론가가 와 있는지 살펴보고 내가 찾는다고 말하시오. 말하시오. 말하시오. 말하시오. 말하시오. 말하시오. 말하시오. 말하시오…"

끝나지 않는 목소리는 점점 증폭되며 공간으로 우렁우렁 흩어졌다.

에필로그

조국의 독립투쟁으로 15년의 옥고를 치렀고, 해방된 조국에서 인민민주주의 공화국을 꿈꾸었던 반도의 붉은 별 박헌영! 그는 이승만, 김구, 김일성 등의 명성에 걸맞은 인물이다. 하지만 그는 대한민국에서도 북한에서도 잊힌 경계인으로 존재하고 있으며, 죽어서도 모욕을 당하고 있다. 물론 민족상잔의 비극적인 전쟁에 있어서 그 책임으로부터 자유로울 수는 없는 그이지만, 당시의 시대 상황에서 경중의 문제가 있을 뿐 전쟁의 책임으로부터 자유로운 사람은 아무도 없다.

전쟁과 이념의 갈등을 뛰어넘어 영화 《브이 포 벤데타》(V For Vendetta)의 어떤 대사를 인용해 그에게 헌사를 보낸다. 오로지 체제 전복을 위해 평생을 투쟁하며 살았던 V가 해방을 보지 못하고 죽자, 그를 추적하던 형사가 묻는다. "V는 누구냐?"라고.

"V는…
희망찬 전위! Vanguard!
단호한 폭력! Violence!

과거의 흔적! Vestige!
철저한 복수! Vendetta!
전망의 제시! Vision!
결정적 승리! Victory!
고귀한 희생! Victim!

다시 묻는 형사의 표정이 어둡다.
"그렇다면 구체적으로 V는 누구인가?"

"그는 나의 아버지였고,
 또 어머니였고,
 나의 동생이었고,
 당신이었고,
 그리고 나였고,
 우리 모두였다."

(끝)

반도의 붉은 별
―소설 박헌영

초판1쇄 : 2025년 8월 15일

지은이 : 진광근
펴낸이 : 김채민
펴낸곳 : 힘찬북스

주 소 : 서울특별시 마포구 모래내3길 11 상암미르웰한올림오피스텔 214호
전 화 : 02-2227-2554
팩 스 : 02-2227-2555
메 일 : hcbooks17@naver.com

※ 이 책은 저작권법의 보호를 받는 저작물이므로 무단전재와 복제를 금합니다.
※ 잘못된 책은 구매하신 곳에서 교환해 드립니다.
※ 값은 표지에 있습니다.

ISBN 979-11-90227-63-6 03810 © 2025 by 진광근